Todo es lo que parece
Carolina Lozada

Producción Editorial
MONROY EDITOR
Douglas Monroy

Coordinación
COLECCIÓN NARRATIVA
CONTEMPORÁNEA
Violeta Rojo

Corrección
Henry Arrayago
María Amparo Pocoví

Diseño gráfico
Zilah Rojas

Community Manager
Rafael Monroy

Gerencia de Administración
Evelyn Ramos

Portada
Ronald Pizzoferrato
Sin título, 2019

Retrato de la autora
Darío Sosa

Primera edición: 2023
Caracas - New York
ISBN 979-8-218-03524-2

©Carolina Lozada, 2023
©Monroy Editor, 2023
monroyeditor@gmail.com
www.monroyeditor.com

Todo es lo que parece

Carolina Lozada

ÍNDICE

Danke schön, Irene und Pia.

A los del Limón 5-2:
Olivia y Catire, patas compañía.
Domingo y Felisberto, dúo de disputas y ronroneo.
Luis y el mordido silencio.

De ver que odio y amor te tengo, infiero
que ninguno estar puede en sumo grado,
pues no le puede el odio haber ganado
sin haberle perdido amor primero.

Y si piensas que el alma que te quiso
ha de estar siempre a tu afición ligada,
de tu satisfacción vana te aviso.

Pues si el amor al odio ha dado entrada,
el que bajó de sumo a ser remiso,
de lo remiso pasará a ser nada.

Sor Juana Inés de la Cruz

El corazón pide placer primero

El hombre apareció un día en San Juan y de repente fue habitual verlo recorrer las calles en bicicleta. No muy alto, algo pálido y desgarbado, con más huesos que carne, la nariz curvada con intención de seguir descendiendo hacia la boca, en una aparente pretensión de comerse a sí misma. Los ojos grandes, la mirada un poco esquiva, como si intentara evadir aquella premisa policial que dice que los ojos son el espejo del alma. Su alma es suya y nadie tiene por qué auscultársela. Si tiene pecas en el cuerpo, quien lo vea desnudo dé cuenta de ellas. Su pelo es escaso, oscuro y liso. Las manos no podría describirlas si no detiene el pedaleo y las posa fijas sobre una superficie. Pocos lo conocen, se podría decir que nadie puede dar fe de quién es, de dónde vino y qué busca en ese sitio oculto entre colinas, rencillas, pulsiones, chismes, habitantes que reproducen sus nombres y apellidos en la constancia de un coito entre los mismos de siempre; un pueblo donde los fantasmas no salen por temor a ser reconocidos por sus parientes o vecinos y que estos en vez de asustarse se pongan a preguntarles cómo es el más allá. Un río parte en dos el lugar con la misma alevosía con que lo hubiera hecho Salomón. Sobre el cuerpo mutilado del mártir San Juan Bautista fue fundado el pueblo, según cuenta la tradición oral.

La única certeza sobre Vicente López, el hombre de la bicicleta, quien prefiere que lo llamen Vincent Alexandre, es su puntualidad kantiana frente a la torre de la iglesia en su paseo habitual alrededor de la plaza a las seis de la tarde. La peluquera, el zapatero, el sastre, el carnicero, la mujer de la floristería y el panadero lo observan pasar con la certeza de quien ve llegar el día y la noche. Cualquier conversación que mantuviera este grupo de contertulios, sentados en los bancos de la plaza al terminar su jornada laboral diaria, es interrumpida por el paso del ciclista. Ahí va, dicen y se ríen. Alguno de ellos hasta mira el reloj de la torre para confirmar la perfecta sincronía entre las seis de la tarde y el pedaleo del forastero, como prefiere llamarlo Rigoberto, el de la carnicería, quien menos confianza y simpatía manifiesta por Vicente López. No me gusta la gente que aparece de la nada, uno nunca sabe de dónde viene y de qué está huyendo, dice y se lleva un trago de aguardiente a la boca, costumbre suya, bebida muy habitual. Yo no soy tan desconfiada como tú, le responde Felicia, la peluquera, quizás decidió venirse a vivir a San Juan por el paisaje y la tranquilidad del lugar. Samuel, el sastre, sonríe sardónico antes de comentar: paisaje tenemos, pero tranquilidad... Vuelve a sonreír con la boca un poco torcida e insiste: ya saben lo que dicen, pueblo pequeño, infierno grande. El zapatero, mucho menos perspicaz y más relajado que los otros, solo atinó a decir: el fulano de la bicicleta es un hombre tranquilo y amable que no se mete con nadie. En una ocasión me pidió que le remendara los zapatos. Yo le sugerí que comprara unos nuevos porque los que me mostraba parecían haberle dado la vuelta al mundo. Le mostré unos que tenían descuento y eran de buena calidad, el hombre me miró con desconfianza, tal vez pensó que solo quería venderle otro par de calzados, pero ciertamente sus zapatos ya habían dado los pasos que podían dar. Me dijo que en otra oportunidad, me dio las buenas tardes y se fue. Parece culto y de buenos modales, ya dejen la saña. Culto, de buenos modales, y bastante pobre, toma la palabra

Emilia, la florista, para continuar el hilo que el grupo está tejiendo alrededor de la figura del desconocido como lo haría una araña amazónica con su presa. Es tan flaco que parece un garabato egipcio, dice mientras intenta imitar las figuras que ha visto en las páginas de los libros de historia del arte. Todos ríen con el comentario, excepto Felicia. A Rigoberto se le atora el buche de aguardiente en su carcajada cavernosa. Alentada por la fiesta ante sus gestos y palabras, Emilia continúa tejiendo la red: ¿se han fijado que casi siempre lleva puesta la misma chaqueta marrón y el pantalón beige? A Felicia le parece infeliz el comentario y se lo hace saber: desconocemos cuál sea su situación económica para juzgarlo por la vestimenta; tal vez viva en aprietos, es una grosería burlarse de la pobreza ajena. ¿Y cómo no va a vivir en aprietos económicos si es un vago que no trabaja?, le espeta el carnicero con los ojos vidriosos. Felicia no le responde por educación y porque prefiere evitar su actitud pendenciera; además, no soporta ese perenne tufillo a licor. Como para no quedarse sin decir nada y ayudar a dilucidar al personaje, el panadero cuenta que Vincent Alexandre compra en su negocio una vez por semana medio kilo de requesón, varias canillas, un chorizo. Cuando sus empleados lo ven entrar le preparan el pedido antes de que el cliente lo pida. El panadero está de acuerdo con el de la zapatería y agrega que el desconocido es un hombre de buenos modales, aunque un poco cauteloso, lento y algo avaro a la hora de tomar la plata de la billetera. Lo he visto sacar con recelo el dinero, parece que tuviera miedo de gastarlo. Tantos años frente a la caja registradora te da la experiencia, te azuza el olfato para reconocer el despilfarro o el control en las maneras en que el cliente se lleva la mano a la cartera. Este, les aseguro, no es un manirroto. Bueno, por la sastrería nunca ha pasado, así que cuando este señor quiera cambiar de vestuario con gusto le tomaré las medidas, remata el sastre como si cosiera la última puntada del patrón que han armado entre todos los presentes: el figurín de un hombre, el bosquejo de lo supuesto, un esbozo de lo incierto.

Rubén, el dueño del bar colindante a la plaza, suele unírseles antes de abrir el local y antes de que el grupo se disuelva y agarre cada cual su camino a casa. Rubén llega justo cuando el panadero da cuenta de la compra semanal del magro ciclista, y aprovecha para contar su anécdota, como si todos tuvieran la obligación de poner su pieza para armar al hombre-rompecabezas. Primero, aclara que el mentado no es cliente del bar, por esa razón le sorprendió verlo entrar esa noche y sentarse en la barra. Era temprano, el negocio todavía no se llenaba. Él lo atendió y el hombre le pidió una cerveza de litro, y que por favor le trajera también la tapa de la botella. El tabernero no hizo más que servir tal cual se le solicitó, encendió el televisor y se dispuso a buscar los canales deportivos. Entre la transición de canales pasó por uno donde un gorila se golpeaba el pecho; se trataba de un documental. El hombre le pidió que por favor lo dejara ahí. Al del bar no le gustó la idea, pues sus clientes suelen ver béisbol, boxeo, fútbol, pero como era temprano y los pocos que estaban no eran borrachos altaneros, dejó el documental sobre la vida de los simios. El solitario bebedor tomó un par de sorbos lentamente mientras veía la televisión, el programa de gorilas terminó y comenzó otro sobre abejas. Vincent observaba con interés la explicación documental sobre el sistema comunicativo y reproductivo de estos insectos. Un borracho que también estaba en la barra se reía y comentaba: miren cómo cogen las abejas. El hombre sonrió y educadamente le dijo que todo el sistema de las abejas es muy sofisticado y se largó a explicarle al borracho, que lo veía con un ojo bizco que trataba de concentrarse en un solo punto de vista sin lograr hacerlo, que si la reina, que si el zángano, que si los obreros, luego tapó el frasco lo más fuerte que pudo, se lo entregó a Rubén y le agradeció que le guardara la cerveza, que mañana regresaba por ella. El tabernero estaba estupefacto, nunca antes le habían pedido algo así, sus clientes son tan alcohólicos que son capaces de tragarse la bebida y el envase también. Bueno, se dijo, en este mundo no falta gente rara, y sin pensarlo más guardó el resto de la cerveza tal como se lo pidieron y esperó a que el tipo saliera para cambiar el canal. No estaba él para ver cómo se comunican y reproducen las abejas.

Al otro día el hombre volvió, pidió su botella, tomó nuevamente un par de tragos, tapó y se la dio a guardar. Nos vemos mañana, dijo y salió. La misma cerveza le duró unos tres o cuatro días. Los borrachines que lo veían entrar se alegraban y exclamaban: ¡ahí viene el profesor!, porque él les hablaba de las abejas, de los egipcios y romanos, del origen del boxeo, del proceso de fermentación de la cebada. El fulano era como un documentalista, le gustaba explicar, hacerse entender. Un borracho lo llamó el Carl Sagan de San Juan. Los otros le celebraron la gracia.

Todos rieron a carcajada suelta con la anécdota del hombre que bebió una misma cerveza durante tres, cuatro o cinco días; todos menos Felicia, a quien se le abochornó el rostro, sacudió un poco nerviosa su cabellera de rulos dorados, y un nudito se le anidó en el pecho porque ella tiene sensibilidad especial por los menos afortunados, por los desparramados sociales, como a Samuel le gusta comentarle en tono de broma. Samuel es su amigo, el hombre de más confianza que conoce, el que había sido muy cercano a su padre y de algún modo una figura paterna para ella, que quedó huérfana bastante joven.

Es hora de volver a casa y de que Rubén abra su taguara, los borrachines ya están merodeando alrededor de la puerta del bar. Es mejor evitar un motín de sedientos, comenta antes de llevarse las manos a los bolsillos para esculcar las llaves. Los contertulios se despiden. Algunos continúan riéndose con la historia de la cerveza, Felicia se muestra un poco retraída, apartada. Rigoberto se le acerca y le comenta que tiene una diligencia pendiente que hacer cerca de su casa, ¿será posible que vayan juntos en el mismo autobús? Felicia no ve ningún problema; aunque Rigoberto no es hombre de su completo agrado tampoco quiere ser descortés con él. De modo que ambos toman la misma ruta, aun cuando el carnicero vive del lado opuesto de la ciudad.

En el trayecto, el acompañante pretende seguir haciendo gracias con la patética historia de Vincent Alexandre, lo asiste su intención de continuar difamándolo, como si hubiese encontrado en él un juguete con que entretenerse. Le cuenta a Felicia que el fulano (además de forastero, también le gustaba llamarlo fulano) compra kilos de pellejos para perros, pero él cree que no tiene perros, supone que son para su propio consumo. Felicia lo mira con escepticismo, cree que es un invento, una patraña para malponerlo aún más. ¿Qué le ha hecho ese hombre para que haga comentarios tan despectivos? No entiende. Ella está bastante incómoda con la compañía de Rigoberto, sus chanzas y su tufo. No puede dejar de observar con desagrado las gruesas manos del acompañante, cuyos dedos parecen embutidos; macizos, pesados, brutos. Hábiles manos para destripar gallinas, degollar reses, asfixiar tiernos conejos y hasta estrangular cuellos humanos. Tan distintas a las finas manos del desconocido de la bicicleta, a quien una vez se las observó mientras él esperaba ser atendido en la panadería cuando ambos coincidieron frente al empleado que preguntó quién llegó primero. Vincent Alexandre no dudó en ceder su puesto a pesar de que era su turno; este gesto le pareció tan galante que se sonrojó sin poder evitarlo. En ese momento, logró detallarlas. Se fijó que eran delicadas, con los bordes de las uñas bien cortados y rematados con lima. Extremidades pálidas, pulcras, sin rastros de marcas o maltrato por trabajos forzados. Las uñas impecables, no como esa uña morada casi negra que tiene Rigoberto en el pulgar izquierdo, producto de un hongo o de un golpe, a ella no le interesa saberlo. Las del hombre de la bicicleta podrían ser manos de pianista, escritor, pero nunca de herrero, mecánico, destripador de gallinas. Tan distintas a los chorizos enchumbados de sangre del carnicero que está sentado a su lado y balbucea procacidades sin el menor empacho, creyéndose muy gracioso.

Ya la parada de la mujer está cerca y no nota ninguna disposición de su incómodo compañero en bajarse. Ella le pregunta a qué lugar se dirige exactamente. Rigoberto trastabilla sin tener una respuesta acertada. Le dice que se queda un par de paradas después de la suya.

Felicia da gracias a Dios cuando le toca bajarse. Se despide rápida y esquiva y le deja plantado en el aire el beso pegostoso que Rigoberto intenta darle en la mejilla. Camina incómoda a lo largo del pasillo del autobús hasta la salida porque siente los ojos vacunos del hombre clavados en su trasero, como si sus ojos fueran capaces de comerle a mordiscos las nalgas. Razón tiene la mujer al sentirse intimidada bajo la mirada de Rigoberto, en la cabeza de él transcurren una tras otra viñetas de apareamiento animal: un león sobre una leona, el toro encaramado sobre la vaca, dos monos copulando en la rama de un árbol, un perro jadeando sobre una perra. Algún día, se dice, y se zampa un trago mientras el transporte deja atrás su culo del deseo.

A pesar de las burlas y de las penosas anécdotas alrededor del personaje, Felicia no deja de pensar en Vincent Alexandre. Esa noche, como siempre, come sola, recoge la caca de sus gatos, toma una ducha caliente, se entalca, se prepara un chai y se dispone a ver la novela de las nueve, como todos los días; el reiterado ritual de una mujer solitaria y aburrida. Sin embargo, no logra concentrarse en la trama, la imagen del hombre desgarbado, menudo y de manos finas pedalea en su cabeza. ¿Qué te pasa, Felicia? Estás vieja para la gracia, se reclama. Apaga la luz y pretende dormir. Da vueltas, no puede conciliar el sueño hasta que sin más se lleva la mano hasta la mata de pelos que le cubre la vagina. Cuando una mujer está sola poco se rastrilla esa zona boscosa, piensa. Ya no recuerda la última vez que se la afeitó. Tal vez cuando fue de visita al ginecólogo, sí, quizás. No sabe. En un instante se le cruza en el pensamiento que esa noche pudo tener a alguien haciéndole un cunnilingus bárbaro y real, pero qué asco Rigoberto, cómo se le ocurre. Mejor imaginar al forastero, metido ahí dentro de su mata de pelos. Sí, mejor así. Felicia se toca e imagina que el hombre venido de ningún lugar mete su cabeza abajo y lame. Se toca, se moja, gime, y el gato que duerme a sus pies levanta ligeramente la cabeza para observarla, hace un maullido molesto y se tira de la cama al piso.

La peluquera es una mujer de unos cuarenta y pico. Por lo general, no da cuenta de cuánto es el pico, a menos que la obligue un trámite legal. Lleva un divorcio a cuestas y mucho tiempo sola. No es lo que podría decirse guapa; aunque tiene bonitos ojos, buen cutis y un culo apetitoso, a juicio del carnicero cuando habla entre hombres o cuando habla solo y la imagina por partes, como si se tratase de una res a la que le detalla sus mejores carnes. Quizás con un estilo de pelo más moderno se vería mejor, Felicia usa el cabello como lo ha usado desde la adolescencia: con permanente y pollina, en un tono rubio que no le favorece. Un cambio de estilo no le caería mal, pero hasta que empezó a fijarse en el hombre de la bicicleta no había nada que la animara a mejorar su apariencia. Se siente cómoda con su ropa, el collar de diminutas perlas falsas enhebradas por un niñito pobre en algún galpón poco ventilado, y su peinado de siempre. La posibilidad de seducir a alguien en ese pueblo merma con el tiempo, los hombres de su edad ya están casados, otros son homosexuales silenciosamente asumidos; el resto se reparte entre solteros indiferentes, amantes eventuales, viudos patéticos y Rigoberto, su eterno, soltero y asqueroso pretendiente. Aquel que le aparta los mejores cortes, le pone un bistec o un chorizo de más y cobra menos, y la mira como si la quisiera desnudar con sus ojos taurinos y colgarla en un garfio para comérsela completa.

La vida social de Felicia se reduce a conversar por las tardes con ese grupo de conocidos, de entre quienes solo considera amigo a Samuel. Eventualmente surge un bautizo, primera comunión o boda, invitaciones de sus clientas; cada dos semanas se reúne con Lucila, su disparatada compañera de liceo, y año tras año asiste a la infaltable fiesta de San Juan, el 24 de junio, celebración a la que acude todo el pueblo y de donde siempre sale alguna embarazada. Hasta esas cuentas se llevan en las conversaciones de las tardes. Entre comentarios y risas apuestan quiénes serán las próximas barrigonas de la temporada. Las partidas de nacimiento de la prefectura local están superpobladas del nominativo Juan, y el hospital no se da abasto en atender parturientas durante el mes de marzo. Una nalgada tras otra da la bienvenida a los recién nacidos que dentro de algunos años quizás también se reproduzcan durante la festividad de San Juan y cuyos hijos tendrán en sus cartas astrales las más precisas coincidencias que astrólogo alguno pueda imaginar.

Al otro día del desmenuzamiento colectivo de Vincent, Felicia rompe la costumbre habitual de sentarse en la plaza. No desea oír bromas y comentarios sobre el ciclista. Finge estar ocupada en la peluquería. Cuando faltan pocos minutos para que la torre de la iglesia dé las seis, ella disimuladamente se asoma detrás de la persiana para verlo. No puede evitarlo, su paso la estremece. Ahí va, con su cabeza en alto, la pobreza no le resta garbo. Parece alguien de otro tiempo montado en las primeras bicicletas, aquellas de una gran rueda. Felicia también puede observar cómo sus compañeros se burlan cuando lo ven acercarse con la precisión del paseo diario de Kant por Königsberg, especialmente el carnicero, quien es el de los peores modales y es capaz de gritarle cualquier improperio a ese hombre que, como bien coincidieron el de la panadería y el zapatero, no se mete con nadie. Felicia está molesta con la actitud de manada de sus compañeros, pero más que eso está muy sola. Y estar sola es peligroso. Se sabe.

A pesar de su aparente precariedad, Vincent Alexandre le da la impresión de un caballero, un noble venido a menos que mantiene sus modos condales, un personaje de esas novelas románticas que a ella le gusta leer. Se siente un poco ridícula, como una muchacha que juega a enamorarse. Esa sensación efervescente, achispada, la empuja a buscar la manera de toparse con el ciclista. Como el aludido es literalmente un animal de costumbres será fácil coincidir con él en el mercado, donde compra yerba mate. Eso hará, ella se topará accidentalmente con el hombre en la tienda. A veces toca salir a cazar, se convence a sí misma mientras lo observa desde la persiana.

El día de la caza sale con el corazón acelerado por la tonta travesura que emprende. Felicia se adentra al negocio de café y yerbas, y aunque no le gusta la bebida amarga y le parece asquerosa esa costumbre de pasarse la bombilla de boca en boca, compra yerba mate. En ese aparente fortuito encuentro, Vincent le comenta su predilección por estas hebras ante el café: la yerba mate rinde más porque su sabor acre regaña las papilas gustativas. ¿Y para qué quiero yo que me regañen?, pregunta la muy sinvergüenza. En realidad yo prefiero el café, pero el mate no está mal para los días lluviosos. Habla acelerada, con una sonrisa como pegatina en el rostro, rejuvenece cinco, ocho años. Se siente tonta, alegre, sobre todo cuando él le sonríe y le mira los labios al hablar. Y sin detenerse a pensar en renos persiguiendo a cazadores se atora a presentarse: soy Felicia, la de la peluquería frente a la plaza, un gusto. Sí, yo sé quién eres, te he visto cuando paseo por ahí, el hombre le devuelve el saludo y le da la mano: un placer conocerte, mi nombre es Vincent Alexandre, para lo que necesites. Se miran, sonríen, callan. El cerebro de Felicia está caótico. ¿Qué hacer? En el liceo, cuando a una le gustaba alguien buscaba a una amiga para que intercediera y lograra una cita, un encuentro azaroso, pero no quería acudir a Lucila para estas cosas. ¿Qué pasa, Felicia?, ya estás grande, y él también, pero parece un poco pendejo, así que te va a tocar hacer el trabajo, invítalo tú. Vincent Alexandre, ¿te gustaría tomar café conmigo? También podría preparar galletas. Eso, Felicia, un poco modosita tu invitación, pero ya el Vincent verá lo vagabunda que puedes ser.

En esa inusual salida suya siente que sus ropas son removidas por las aguas del río y la dejan desnuda y expuesta frente a los ojos del hombre que la contempla con deleite sin hallarle imperfecciones ni registros de edad. Ella no es así, esa desmesura que la arrebata es el cuerpo hambriento de sexo y compañía, es él quien habla porque el cuerpo cuando está solo vocifera, ruega, se queja, reclama, grita, mendiga. Es la soledad ventilando la casa, preparando la mesa y la cama para recibir compañía. Es el autoconvencimiento y la resignación de que si ese hombre habla y coge, es amor.

Claro, con gusto, me encantaría tomar un café contigo y con las galleticas, el aludido se inclina con cierto donaire al responder la invitación, tal como lo ha visto hacer en los coqueteos de los caballeros de esas novelas de porquería que lee, como le reprochaba su madre, mientras su padre lo esperaba para darle el relevo, la jefatura de la empresa, para hacerlo responsable de la manutención, sin sospechar que el hijo tenía en mente ser libre de cualquier responsabilidad familiar y desaparecer un día sin llevar las cuentas en los libros contables sobre los que el padre perdía la vista y se hacía decrépito y jorobado.

Ambos sonríen nerviosos, tontos, pizpiretos, sin saber qué más decir ni cómo despedirse sin torpeza. Cómo hacer una salida y despedida digna, sin tumbar los tarros de mermelada y las latas de tomates expuestas con avisos de oferta en la entrada de la tienda. Apuraba así Felicia el encuentro de dos coordenadas que andaban cada cual en su dirección, rebotando en sentidos dispersos.

Si Felicia se hubiera visto en el espejo invitando a su casa, de buenas a primeras, a un fulano que no conocía, tal vez hubiera creído que se había desdoblado y que ella no era ella, pero ahí está, la rubicunda peluquera, con su tinte recién puesto, la combinación del tono Amanecer Dorado 8.9 y el Peróxido de Hidrógeno volumen 30, dispuesta a recibir al desconocido en su sala y quién quita si la ocasión amerita otras habitaciones, porque nadie sabe lo que puede ocurrir después de una taza de café acompañada de galletas de jengibre con formas de hombrecitos, gatos y corazones. Una tarde, demasiada soledad y la piel que pide a gritos que algún dedo le dibuje un mapa.

Para ser tan poco amante del café, Vincent se toma tres tazas en una sentada. Está maravillado con las galletas de jengibre, especialidad repostera de Felicia, y no se cansa de halagar sus habilidades en la cocina. Pero si son unas simples galletas, responde su anfitriona mientras va y viene entre la cocina y la sala, desviviéndose en atenciones para con su invitado, ínterin que él aprovecha para llevarse algunas masitas a los bolsillos para comer más tarde cuando esté solo en su habitación. La receta es de mi difunta madre, comienza a contar la mujer, la pobre murió hace años cuando perseguía una gallina para torcerle el pescuezo y hacerla almuerzo. Era domingo, día de sancocho, costumbre infalible en el menú de mi querida vieja, que sufría de una tortuosa colitis que la avergonzaba mucho porque no podía controlar sus gases, los cuales se despachaban a diestra y siniestra sin importar que ella estuviera en un lugar público. Por esta razón mi santa madre casi no salía, mi vieja, que en paz descanse. El patio de la casa daba a un barranco, la condenada gallina corría tratando de salvar el pescuezo, mi madre debió perder el equilibrio y cayó por el despeñadero. Fue ella la que terminó con el cuello partido. Paradojas de la vida. Cuando la encontramos, la gallina estaba echada sobre su cadáver poniendo un huevo. Desde entonces odio el sancocho, porque al comerlo siento que me estoy devorando el pescuezo de mamá. Unas lágrimas intentan asomarse a los ojos de Felicia, ella logra retenerlas. No quiere que le arruinen el rímel que tanto le costó ponerse debido a su presbicia. Vincent trata de balbucear palabras de consuelo, la mujer pone la bandeja sobre la mesa, se limpia las manos en el delantal, sacude el rostro para despejar la tristeza y seca con las puntas de sus dedos los asomos de lágrimas. No es nada, dice, ya pasó. No te preocupes, come más galleticas, querido. Los dientes puntiagudos de Vincent obedecen la orden de la anfitriona y la cabeza de un hombrecito de jengibre se hace polvo dentro de su boca.

La casa de Felicia es todo un museo kitsch, con los pañitos tejidos por la abuela Margarita, la madre de su madre, puestos sobre las rinconeras abarrotadas de adornos de cerámica, recuerdos de bautizos, bodas y primeras comuniones. Hay de todo: bailarinas, perritos, bebés, pescadores, damas con sombrillas, novios, los clásicos adornitos de loza. Una de las paredes del pasillo que da paso a las habitaciones está casi completamente enmarcada por fotografías de Felicia recibiendo diplomas por todos los cursos y talleres de Peluquería y Estilo que ha hecho en su vida. También cuelgan las fotografías de su primera comunión, la graduación en el liceo, una junto a sus padres cuando era niña. Su madre tenía el cuello corto, notó Vincent cuando se acercó a detallar la imagen; el padre era de mostacho ancho y cabeza un poco calva. En todas las fotos Felicia sonríe con la cabeza inclinada hacia su costado derecho, como la enseñaron a posar desde niña. En una fotografía enmarcada en dorado sale una vieja sentada sobre un gran faldón a rayas, sobre sus piernas está sentada una pequeñita gorda y bravucona. Es mi abuela Margarita, le comenta Felicia casi a ras de oreja, la niña brava soy yo, sonríe señalándola, señalándose. Vincent pregunta: ¿y esa niña creció brava?, a lo que Felicia no duda en responder: a veces, cuando me hacen enojar puedo ser muy brava. Ríen, coquetean.

A Vincent le llama la atención la colección de elefantes de diversos tamaños desperdigados sobre la tapa de un viejo toca-discos. Dicen que traen suerte, comenta ella al verlo curiosear entre los trompudos. En India son sagrados, responde Vincent, y comienza a articular uno de sus discursos informativos, como si se tratase de una entrada de enciclopedia. Elefante: Mamífero paquidermo de gran tamaño, el mayor de los terrestres, con la piel de color gris oscuro, gruesa, rugosa. Grandes orejas colgantes y casi cilíndricas, cola larga y dos colmillos muy prolongados de punta cónica. Se alimenta de vegetales y vive en diversos hábitats de Asia y África. En India tienen una deidad en forma de elefante: Ganesha.

Muy pronto, Felicia logra comprender los motes que los borrachos del bar le pusieron: el Carl Sagan de San Juan, el profesor, el Wikipedia, porque parece tener la desesperada necesidad de explicar todo como si fuera el profesor Jirafales a un grupo de estudiantes de escasa destreza intelectual. El hombre habla y la peluquera lo escucha atenta; aunque en el fondo ella es una alumna que quiere portarse mal. Su rostro lo mira expectante, pero su vagina se aburre tanto que hasta comienza a darle escozor, lo hace a propósito para que su dueña se avispe y lleve el pájaro a la jaula. Pero Felicia no se atreve a tanto en una primera cita; además, Vincent no ayuda, él habla, usa metáforas, largos hilos discursivos que discurren como ratas expertas por los oscuros canales de las alcantarillas. Pasa de un tema a otro, es un torrente de frases, prolegómenos, exordios, elocuciones, peroratas, arengas, giros retóricos que avistan a un sujeto muy seguro de eso que llaman el poder de la palabra. Vincent Alexandre es un onanista de la lengua. Si se lo propusiera podría ser un predicador, un vendedor de libros de puerta en puerta, un hábil político embaucador con pico de oro, un entusiasta comentarista de una partida de ajedrez transmitida por radio, el lector de las bolas del Bingo del casino local donde todas las tardes acuden jubilados y pensionados a pasar sus horas de hastío buscando suerte y compañía en el azar.

En esa primera cita ella comprende que al hombre hablar le gusta, y mucho. Sin embargo, no le molesta, aunque su vagina no deja de incordiarla, de llamar su atención, de mortificarla, casi que podía escucharla: ¿traes un hombre a casa y no me das de comer? Dile que se calle y que se siente a comer aquí abajo, con las manos y con la lengua. Que se calle un poco y lama. Que la lengua también tiene otros oficios más allá de los retóricos. Recuerda lo que decía la Emily Dickinson: «El corazón pide placer primero». Felicia sonríe nerviosa escuchando las ocurrencias de su cuca parlanchina. Vincent está tan ensimismado en su soliloquio que cree que ella está embelesada con su disertación sobre los elefantes y las religiones en India.

Hacía tanto tiempo que Felicia no recibía la visita de un hombre que le gustó ese abarrotamiento de anécdotas, comentarios, perífrasis, explicaciones, alegorías, versos, circunloquios retumbando en las paredes acostumbradas a oír solo su voz aguda y el maullido y ronroneo de sus gatos. Vincent Alexandre no es el hombre callado que ella y sus conocidos esbozaron en la plaza. Vincent es un hombre a quien le gusta conversar; mejor dicho: hacerse escuchar, y Felicia es buena para eso. Antes de despedirse, le agradece la linda tarde que pasaron juntos y le besa la mano. El bordado está hecho. Felicia casi desfallece apenas cierra la puerta, se recuesta tras esta y se dice: este hombre lo que necesita es calor de hogar y yo estoy dispuesta a dárselo.

Se fue sin comer, le dice la cuca. Felicia mira su entrepierna y le echa malos ojos. Maleducada, le reclama, te voy a lavar con bastante jabón por sucia. Y se pone a cantar una canción de amor.

Las manos de la peluquera

Tal como habían acordado en tomar la merienda en casa de Felicia, también quedaron en que ella le haría un tratamiento y corte de cabello a Vincent en su peluquería. La mujer estaba clara que hablarían de ellos, que por un tiempo serían la comidilla entre sus contertulios, quienes verían entrar al negocio al tipo después de su acostumbrado paseo y las especulaciones empezarían a tejerse. Lo sabía porque ella también había participado en esos entramados. Tenía esa certeza, pero no le importaba. No estaba ella para jugar a las escondidas. Lo hizo con toda la intención, le pidió a Vincent que pasara al final de la tarde, para que lo vieran desde la plaza y hablaran lo que quisieran. Lejos estaba de ser una mujer osada, pero esta vez quería ir más allá, a nadie le haría daño que ella se acompañase un poco. Bueno, en realidad sí rompía el corazón de Rigoberto, pero problema de ella no es. Nunca le dio luz verde a sus insinuaciones y toscos coqueteos.

Los compadres de la plaza quedaron expectantes cuando vieron a Vincent Alexandre dar la vuelta y detenerse frente a la peluquería, poner cadena y candado a la bicicleta y entrar. Ya les había extrañado que a esa hora Felicia aún no cerrara el negocio; pensándolo bien, ella últimamente andaba esquiva. Algo estaba pasando, Samuel ya lo suponía, pero callaba. Él es el más discreto de todos. Rigoberto, por el contrario, se preguntaba qué hacía ese hombre ahí, metido en un salón de belleza de mujeres. Los hombres de verdad van a la barbería, se sabe. El trago que se llevó a la boca le supo amargo y le royó el pecho más que la garganta. No dijo nada; aunque para sus adentros pensó: este pollito pelón como que está buscando meterse en el corral.

Emilia, la florista, comentó lo que siempre comentaba: que ese fulano le parecía un tipo muy patético, agregó también que ojalá a la Felicia no se le ocurra fijarse en él, porque para andar con alguien tan soso mejor quedarse sola. Dicho esto se levantó y se despidió un poco molesta. En casa la esperaba la misma soledad de siempre, el recuerdo de un antiguo marido maltratador, algún programa televisivo y una pila de platos por lavar. Samuel aprovechó el gesto de Emilia y les sugirió a todos que se fueran cada uno para sus casas, que parecía que iba a llover. En realidad no había ni asomo de nubes, pero el grupo de contertulios solía hacer caso a lo que el sastre decía, como es el mayor de todos de alguna manera es la voz guía. Sin embargo, esa tarde el carnicero se mostró renuente a abandonar su puesto, Samuel tuvo que insistir sin brusquedad, le dijo que Felicia es una mujer adulta y divorciada y ya sabría ella lo que hacía con su vida. Rigoberto apretaba el puño y pensaba en pollos desplumados mientras caminaba junto al de las costuras hasta la parada del autobús.

Poco importaba lo que afuera se hablara, dentro de la peluquería todo era un esmerado protocolo de saludos, halagos y coqueteos entre los futuros amantes. Una gallina fina cortejada por un esmirriado pollo de poca monta, pensaba el carnicero sentado en el autobús. Felicia se dedicó a lavar los ralos cabellos de Vincent Alexandre, notando unas entradas que anunciaban la incipiente calvicie. La peluquera usó todo el arsenal de champú y cremas disponibles para hidratar la cabellera del hombre. Podría decirse que tardó más tiempo del acostumbrado en el proceso; también vale decirse que más que lavarle el cabello le acariciaba la cabeza. Vincent no paraba de hablar, le comentó que él mismo se corta el pelo, que suele usar jabón azul porque ha oído acerca de sus propiedades anticaspa; poco le faltó para darle consejos a la mujer sobre su oficio. Más adelante, Felicia comprenderá el tipo de hombre con el que se está liando, un mansplainer a carta cabal. Esos dos primeros encuentros fueron apenas un asomo de la madera de la que está hecho Vicente López, alias Vincent Alexandre, un tipo que sabe y opina de todo, hasta de lo que no sabe.

La peluquera arrugó la cara y torció un poco los ojos al escucharlo predicar sobre los beneficios del jabón azul. Ella, que tiene toda la vida trabajando con pelos y tijeras, jamás había oído hablar de semejante aberración. Todavía no intuía la mujer lo que estaba detrás de los beneficios de la barra azul: el ahorro, la pasión de Vicente López. Felicia no tenía idea de lo tacaño que es ese sujeto con el que está dispuesta a involucrarse, ese mismo que en el justo momento en que ella emulsiona su pelo está sintiendo una salvaje erección. Lo de la tacañería no es un problema, por ahora. Ese detalle lo observará después, en ese instante solo tiene ojos para ver cómo se le abulta el pantalón a un avergonzado Vincent Alexandre, el hombre venido de la nada, el advenedizo, el de la bicicleta. ¿Desde cuándo no veía una erección? Desde hacía mucho tiempo. Su vagina se lo repetía, la desolación la secaba, estaba hecha un desierto. En los últimos años de casada ya no había sexo, y la única vez que un cliente se puso caliente mientras lo atendía, ella apenas al notarlo pegó un grito, se llevó las manos a la boca y se alejó de él. El hombre se levantó abochornado, se metió la pija en su interior y salió de la antigua peluquería donde una joven Felicia era empleada. Desde entonces dejó de atender clientes masculinos. Pero esta vez todo fue diferente, pronto sus manos, de uñas un poco largas y pintadas en un tono perlado, dejaron de lavar el cabello y bajaron a la altura de la bragueta para liberar al polluelo que quería salir de la cáscara. Con habilidad logró lavar con una mano y masturbar con la otra. Vincent Alexandre jamás en su vida habría soñado con un servicio especial de lavado, corte y masturbación. Todo completamente gratis. El del discurso perenne por fin calló, dejándose llevar por el ensueño del gozo.

Felicia era un corazón bordado de semen y felicidad.

Los amantes

La primera masturbación los unió, en adelante poco importaron las risas y murmuraciones, las patanerías de Rigoberto y los comentarios cizañeros de Emilia. Felicia Margarita y Vincent Alexandre empezaron a mostrarse juntos en todas partes; especialmente en los lugares abiertos, los favoritos de él: los parques, las plazas, el río, la naturaleza libre, esplendorosa y gratuita. Respira profundo, Felicia, aprovechemos el aire natural, estamos en los pulmones del mundo, le decía en las caminatas que emprendían por los recovecos de la sierra. Ella no estaba acostumbrada a este ritmo, su rutina consistía en el trabajo, visitas al abasto cercano a casa, frecuentar a sus clientas y amigas, ir a mirar vidrieras en el centro comercial. Tampoco le animaba la idea de montar bicicleta, para qué si tiene servicio de transporte urbano. Pero aceptaba las iniciativas ecológicas de su amante porque toda relación tiene un precio. En ese momento la mujer no sabía cuál sería el que le tocaría pagar, apenas estaba tanteando al ¿novio?, ¿amante?, ¿futuro esposo?, que con sombrero y un palo por bastón caminaba como guía de montaña y le hablaba de las propiedades desinfectantes del eucalipto, de la antigüedad del musgo y de la existencia de seres mágicos y ancestrales que habitan las montañas. Ella lo seguía con el paso cansado, pero con el entusiasmo de quien empieza una relación amorosa.

A veces se detenían y las caricias conllevaban a encuentros sexuales ante los ojos expectantes de los espíritus tutelares de la montaña; así creía él y ella le seguía la corriente. Hadas, duendes, elfos, brujas, ninfas, faunos eran, pues, testigos del coito entre un par de mortales sobre el suelo cubierto de hojas, pequeñas piedras y algunas hormigas que les enrojecían el culo con sus picaduras.

Pronto la mujer empezó a comprender que si ella no invitaba, sus citas quedarían supeditadas a la predilección de Vincent por todo aquello que no implique gasto monetario alguno. Esto le produjo cierto resquemor; sin embargo, lo que más la agobiaba era el hecho de que hasta el momento no sabía qué vínculo los unía realmente. No estaba para juegos de amigos, necesitaba un hombre como compañero de vida, alguien a quien tener a un lado y con quien contar. Notaba que Vincent evitaba el tema, tenía que precisarlo, ponerle nombre a la relación. Somos compañeros de viaje en este vuelo cósmico, repetía Vincent como un veinteañero sin talento con pretensiones poéticas cuando Felicia trataba el asunto, luego se iba por las ramas, literalmente, subiendo a los árboles y gritando: venimos de ellos. Primero fuimos monos, después dimos pasos humanos, Felicia, sube, abraza un árbol, siente la magia de la naturaleza. Mira las aves revoloteando a nuestro alrededor. Despréndete de los apegos terrenales, saca tu animal interior, sé osada, pon a prueba tu voluntad. Al final, ella cedía y jugaba a ser la Jane de ese Tarzán de poco pelo, pálido y recalcitrantemente pichirre.

Cuando no eran los paseos a la montaña, iban a la retreta musical en la plaza los domingos, o a la proyección de películas que la casa cultural de San Juan proyectaba gratis una vez por semana en algún espacio público. Esto último no era más que sentarse en cualquier banco o silla dura para ver las cabezas de los asistentes que se paraban y sentaban en medio de la función, escuchar muy mal la película por los ruidos externos y aceptar la imposibilidad del toqueteo que permite la intimidad de una oscura sala de cine. El café o el mate solo lo toman en casa de ella, nunca ocurre una invitación por parte del amante a una cafetería o un bar como a Felicia le gustaría. Tampoco hay invitación a su casa porque no puede decirse que Vincent Alexandre viva en una casa; la suya es más bien una buhardilla de estudiante pobre o artista maldito de finales del siglo XIX, un oscuro y poco ventilado cuchitril amoblado con un catre, una mesa, un estante de metal que sirve como biblioteca, una pequeña ventana que da a techos y antenas y a un patio trasero usado como taller mecánico. El baño es compartido con los otros inquilinos de esa improvisada pensión, cuyos cuartuchos se construyeron con el desorden de quien mete una pieza de un lego en el lugar que no le corresponde, un tetris sin encajar. La primera vez que Felicia lo acompañó a lo que él llamaba su estudio, salió con una alergia producto del polvo y la poca ventilación. Si ellos iban a ser una pareja formal, Vincent Alexandre no podría seguir viviendo allí, en esas precarias condiciones. No se consideraba ella la amante que corre a los brazos de un Van Gogh en ese cuartico de artista, ni la joven mujer de un Dostoiesvki que acude en su auxilio para aliviar la fiebre y la culpa por su ludopatía en una fría pensión rusa. Ella es Felicia Urdaneta, una mujer que ha trabajado toda su vida para vivir una vida modesta pero cómoda.

Muchas inquietudes se van acumulando desde el principio de la relación; aunque la mujer sabe que debe manejarlas con cautela, no desea correr al hombre de su lado. Paciencia, se dice, ya se amoldará. El amor todo lo puede, trata de convencerse. Bueno, más que el amor, la decisión de no estar sola. Imbécil no es, insegura tal vez. Necesitada de cariño y compañía. All you need is love. Qué vaina, Felicia.

Una inoportuna visita

Rigoberto no puede sacarse de la cabeza la imagen del fulano, del pescuezo de pollo merodeando a Felicia. Tampoco entiende qué ve la mujer en ese sujeto tan desmirriado, tan poca cosa, tan nadie. ¿Por qué escogió a ese tipo y no a él que sí es un hombre de verdad?, con negocio propio, con los cojones bien puestos bajo la verga, pelos en el pecho, tatuaje de toro en el brazo izquierdo, un rinoceronte en el derecho. Un macho que todos los días toma en ayunas un vaso de levantamuertos, esa bebida afrodisíaca hecha a base de vino tinto, huevos de toro, ruda, romero y cristales de sábila para mantener la fuerza sexual de un semental.

El despecho lo pone más irascible que de costumbre y también consume más alcohol de la cuenta. A veces se queda dormido en la carnicería por la embriaguez de la noche anterior. En ocasiones ha maltratado a algunos clientes por culpa de su mal humor, y esto nunca se lo confesaría a nadie ni porque lo despellejaran vivo: ha llorado por Felicia. Maldito gañote, repite mientras lo imagina pisando la mejor gallina del corral, su gallina. Él, el corpulento gallo Claudio.

Los encuentros en la plaza se han vuelto más esporádicos desde que Felicia empezó a salir con el de la bicicleta. A veces ella va, pero el silencio incómodo que se manifiesta ante su presencia le sugiere que es mejor evitarlos; así que cada vez se le ve menos. Además, está Samuel con sus consejos: un hombre sabe cuándo debe retirarse. Déjala, ella decidió. Hay que respetar su decisión. Respetar nada, responde el carnicero rabioso, respetar que se acueste con ese pescuezo de pollo sin pasado, sin futuro, un vividor. Está harto de la cantaleta del sastre, a veces se burla de él y le dice el sabihondo. En realidad, Rigoberto siempre les pone sobrenombres a todos. Es esa la manera desdeñosa de manifestar su amargura y su pesado sentido del humor. Últimamente se lleva mejor con Emilia, la florista, la aliada que halló para cuestionar el gusto y la decisión de Felicia. Ya vas a ver, Rigoberto, cómo la Felicia se va a llevar a ese hombre a vivir a su casa porque ese tipo no tiene ni donde caerse muerto. Yo a Felicia la quiero mucho, es mi amiga, pero está loca, completamente desmentizada, ¿cómo se le ocurre fijarse en ese gaznápiro? Si el tipo parece un tuqueque. En el fondo, Emilia resiente su propia soledad. Ella, la encargada de vender rosas el día de los enamorados, la experta en preparar ramos para el día de la madre, flores para el año nuevo; ella, a quien nadie le dedica ningún presente, vive de vender detalles románticos, buenos deseos para otros, cariño, confesiones de amor, peticiones de perdón, solicitud de compromiso matrimonial. Emilia es fea y lo sabe, ese ojo izquierdo un poco más cerrado que el derecho, la boca tan fina como un trazo que el dibujante olvidó hacer boca, bajita de estatura, tan pequeña que Rigoberto casi la aplasta la noche que terminaron durmiendo juntos después de que se emborracharan en el bar de Rubén. Una noche de sexo por compasión. Ninguno sentía atracción por el otro, Emilia tiene las carnes muy secas para Rigoberto y este es muy barrigón y desaseado para la florista, pero el aguardiente, la soledad y el resentimiento pueden unir los rincones más distantes.

Desde ese primer encuentro siguieron acostándose, restregando sus cuerpos en las ocasiones en que la borrachera los empujaba al juego de revolcarse sin más ímpetu que la combinación tóxica entre alcohol, despecho y soledad. Cuando se ven en la calle es como si nada entre ellos hubiera pasado, se tratan con el mismo desdén de siempre. Ninguno de los dos se hizo idea del otro.

La cabeza, el pecho y los eructos amorosos de Rigoberto siguen perteneciendo a Felicia, y en un acto de desesperación va hasta la peluquería con la excusa de saludarla y hacerse un corte de pelo; aunque él cree que los salones de belleza son para mujeres y maricas. Felicia no duda en recibirlo de buena manera, le pide que se siente mientras atiende a unas clientas. Algo incómodo, el hombre se dirige al pequeño estar de sillones floreados y revisteros repletos de viejas revistas de farándula y de cortes, tintes y peinados. Revistas para viejas, chasquea en su interior al echarles un vistazo y luego dejarlas a un lado. Tampoco es que el señor sea un lector de Shakespeare, si ni la prensa local lee, para eso está la radio, opina, y las conversaciones con sus amigos en las tardes, ahí uno se entera de lo que ocurre en San Juan, lo que pase en el resto del mundo ni le incumbe ni le interesa, afirma tajante.

No se siente a gusto sentado entre señoras que hablan de maridos, hijos, nietos, remedios naturales, dramas comunitarios y familiares. A Rigoberto se le aviva el machismo al mirarlas, en su fuero interno es un gallo atrapado en el rincón del picoteo parlanchín de las gallinas. Sin duda, Felicia es la mejor pechuga, los mejores muslos, la ponedora mejor emplumada. La peluquera sabe que tiene los ojos del carnicero clavados en su trasero e imagina que seguramente él está pensando alguna babosada, porque ese sujeto es solamente huevos y órganos. Felicia alguna vez le comentó a Samuel que nunca un oficio cupo mejor en la personalidad de alguien como el de carnicero en Rigoberto. Es como si al nacer en vez de una sonaja le hubieran puesto un cuchillo bien amolado en las manos. A todos despelleja, corta, muele, hace tajos con su lengua afilada. Su presencia la perturba, quiere despacharlo pronto. Una cosa es conversar en grupo sentados en la plaza, otra tener que lidiar con él a solas.

Gallina vieja ni porque se arregle el copete vuelve a cloquear, es la impertinente ocurrencia que se le sale a modo de chiste cuando ve salir a las últimas señoras y se queda únicamente con Felicia. Ella lo encara y le pide que respete a sus clientas. Está bien, disculpa, vengo en son de paz, responde Rigoberto, también necesito un corte de pelo. No es de hombre andar con los pelos largos. Felicia sabe que la indirecta va contra Vincent. Se traga la molestia que le causan sus soeces comentarios y se dispone a salir de él lo más pronto posible. El cabello lo lleva sucio, casposo, grasiento; la larga barba, desprolija y enmarañada. A diferencia de lo que había hecho con Vincent, la peluquera lava rápidamente y como pequeña venganza usa agua fría, mintiendo al decir que la disculpara pero el calentador está fallando. Las mujeres no saben lidiar con eso, yo puedo revisarlo; cada comentario de Rigoberto lo hunde más en el menosprecio femenino. Tranquilo, Rigoberto, ya avisé al técnico, él se va a encargar. Felicia le restriega champú anticaspa y baño de crema como quien baña a un perro sarnoso y callejero. Solo le faltan los guantes. El inoportuno cliente le pide que también le pode la barba. Felicia se excusa y argumenta que ella no hace trabajo de barbería, que vaya donde Jaime. Estás muy tirante, Felicia, le dice mirándola por el espejo, ya no se te puede decir nada porque andas muy respondona. Felicia hace un mohín de hastío.

Rigoberto deja de andarse con rodeos, le toma el brazo, la atrae hacia él y le dice que le gustaría que ella lo hiciera, que le cortara la barba. La mujer percibe una mezcla dulzona y sucia en su aliento, la combinación entre la maceración etílica y los dientes cariados. Ella se deshace del roce e insiste en que de barbas nada sabe. Rigoberto no soporta la negativa, se pone brusco y le espeta que al pescuezo de pollo sí le corta y acomoda todo, y se ríe de esos tres pelos que le cuelgan y de la pelusa que tiene por barba. Felicia se echa hacia atrás dispuesta a pedirle al grosero que salga de su salón, pero un Rigoberto envalentonado la coge por la cintura e intenta atraerla y besarla. Como puede, la peluquera se libra. El hombre se levanta con el pelo mojado chorreando sobre los hombros y va hacia ella. Por fortuna, el policía de la cuadra anda de ronda; aunque no llega antes de que Rigoberto se saque el miembro y se lo muestre a Felicia diciéndole: mira lo que te estás perdiendo por estar comiendo pescuezo. Yo sí tengo güevos. El policía entra y pregunta qué está ocurriendo, el acosador está de espalda y le da tiempo de guardarse su paquete mientras Felicia horrorizada se cubre el rostro. Nada, oficial, aquí no pasa nada. Es solo el grito de una mujer que no sabe lo que se pierde. Y sale con el pelo enmarañado, el cuello de toro con las venas inflamadas, la nariz roja y carnosa y la frustración y el odio atestados en la cabeza.

El ataque de Rigoberto deja a Felicia hecha un ser de llanto y rabia. Debió haberlo puesto en su lugar, se recrimina, debió ser más fuerte, apuntarle con el secador o algo así, no dejarse vencer por los nervios, le comenta a Vincent cuando este pasa por ella para acompañarla de vuelta a casa. Felicia no es una persona agresiva, está en contra de la violencia; sin embargo, cree que hay circunstancias que ameritan acciones más firmes.

Ella debió plantarse ante aquel hombre asqueroso y mínimo abofetearlo, echarle laca en la cara, pero se quedó atónita, aterrada ante el miembro que se asomaba burlón, caníbal desde la bragueta. Vincent trata de calmarla sobándole la espalda y hablándole. Felicia en el fondo esperaba que su ¿novio? asumiera una actitud más frontal, no pretendía que fuera a caerle a golpes al atacante, pero sí algún tipo de reclamo, un gesto, una actitud que le hiciera entender al ruin que ella no está sola. Felicia se aferra a la antigua idea de que un caballero debe defender a su dama. De Vincent solo encuentra argumentos contra la violencia y una larga perorata sobre el buen salvaje, la dicotomía entre la civilización y la barbarie y el mito del Minotauro. Ya empezaba la mujer a cansarse de los constantes análisis, del palabrerío de Vincent Alexandre. Verlo hablar sin cesar, estoico, sin mover un dedo de indignación por ella, la molestó. Esa noche lo despachó temprano alegando cansancio y dolor de cabeza.

La prueba

Al otro día del ataque, la peluquera no fue a trabajar. Si bien, por un lado, no quería demostrarle temor al soez Rigoberto, por el otro se sentía afectada y deseaba quedarse en casa, necesitaba estar sola, pensar, aclarar el horizonte que le esperaba si continuaba del brazo del hombre con el que ahora salía y que no supo apoyarla frente al altercado padecido. Desde el principio de la relación con Vincent Alexandre notó baches en su personalidad que no le gustaban, ante estos se desentendía, fingía demencia, se hacía la vista gorda o se reconfortaba pensando en que tenían sexo, a veces tántrico. Vincent es hábil para esas tendencias orientales; sus dedos finos saben esculcar hasta hallar ese preciso punto donde todo el ser se resume en un nervio que vibra hasta el más profundo y cósmico espasmo, el encuentro con Dios. El sexo es el nudo que une, el epicentro sísmico que justifica todas las abyecciones. Vincent Alexandre aprovecha con tenacidad sus conocimientos de la práctica yogui, del Hatha yoga; la concentración y elasticidad logradas gracias al constante ejercicio del Kukkutasana le sirven para mantener un buen ritmo respiratorio y de aguante en el momento de los revolcones amorosos, y así logra controlarse hasta la llegada del orgasmo de su amante y echar por tierra el argumento de hombre conejo, mujer tortuga en las metas orgásmicas.

Si ese sexo viene a acompañar una soledad abisagrada en la modorra de los días sin ningún tipo de agitación, el entuerto ya está hecho. Hasta su primer encuentro con Vincent, la piel de Felicia había olvidado las sensaciones que producen las caricias, su cuello no se erizaba con un beso en décadas, los pechos solo saltaban cuando corría apurada a tomar el transporte. Y ahora ellos se sacudían bamboleantes como el vaquero sobre el toro enfurecido que se rehúsa a ser atado.

Sin duda, Felicia se encuentra en una encrucijada. Antes de conocer al hombre de la bicicleta llevaba una vida monótona, el amante había logrado despertarle sensaciones de plenitud y felicidad. Pero el romance pasa, la pasión se desgasta. Ella está grande para saber esa verdad. Bastante crecidita para creer que la pasión es motor suficiente para mantener en marcha una relación de pareja. Vincent es un tipo de costumbres extrañas, narcisista, un tanto excéntrico, y lo peor: un consumado avaro, un fundamentalista de la tacañería. La acumulación de detalles desagradables en la relación estaba formando una bola de estambre más voluminosa que cualquiera de las que sus gatos pudieran manejar. ¿Podría ella evitar que la bola de estambre siguiera creciendo y enredándose? El Alexandre es un sujeto afable, de buenas maneras, educado, culto, pero ninguna de esas cualidades borra su tacañería e irresponsabilidad en los asuntos prácticos de la vida. A su edad y reside en un cuartucho arrendado como si fuera un estudiante. Al parecer no tiene ninguna propiedad más allá de la bicicleta. Ella desconoce su pasado, no tiene idea de quién es su familia, por qué llegó a San Juan. ¿Quién es el verdadero Vicente López, el nombre real detrás de Vincent Alexandre? Cada vez que toca el tema sobre su procedencia él busca atajos para desviar la conversación, hasta que en algún momento Felicia pensó que era mejor darle tiempo para que se desinhibiera y contara sobre su vida cuando él lo decidiera. No tenía razones para presionarlo, el amor y la confianza se encargarían de ese trabajo. Sin embargo, a Felicia no deja de preocuparle que él se conduzca en la vida como un muchacho descuidado de veinte años, cuando en realidad ya hace tiempo traspasó el umbral de los cuarenta. Carpe Diem, Felicia, le repite cuando ella habla del futuro, de proyectos, de pensarse de cara al tiempo en que el cuerpo empiece a perder fuerzas, en que el destino solo sea decrepitud. Carpe Diem. ¿Está dispuesta a convivir con alguien así? Convivir... Si hasta esa mañana Felicia ni siquiera sabía hacia dónde se encaminaba ese amorío. Ella está clara, quiere vivir en pareja, bajo el compromiso y la figura de esposa y esposo, no la de madre e hijo. No está dispuesta a llevar esa carga, ya había logrado librarse de un matrimonio mal avenido para después de tanto tiempo enredarse con alguien que le complicaría la vida, que no le serviría de apoyo, cariño y fortaleza. No, adoptar a alguien no está entre sus planes, para eso tiene gatos. La mujer anhela un hombre a su lado, no un chiquillo sobre sus hombros. Rabiosa, friega los platos, barre el piso, alimenta a los felinos mientras reflexiona. Tiene presente que debe poner a prueba a Vicente López, su Vincent Alexandre. Ya está harta de no tener citas románticas, de escuchar cuestionamientos sobre los cortejos conservadores y burgueses, de ser ella la que siempre recibe en casa porque a Vincent no le gusta ir a restaurantes, cines (a menos que den películas de autor). A veces le parece francamente ridículo y pretencioso, ¿de qué cine de autor habla, si en San Juan aún se ve y vive la edad dorada del cine mexicano? En el pueblo solo hay dos salas de proyección y un pequeño antro donde se reúnen los más «cultivados» a ver películas artísticas en una pequeña pantalla, una versión pirateada de la cinta original. En ese lugar caluroso, con olor a piel curtida de marihuana, vieron *Los siete samuráis*, de Kurosawa; aunque en realidad quien la vio fue él, porque ella desde un principio se dio por desentendida de la trama, qué le importaban esos samuráis, esos japoneses que se creen los más listos del mundo. En varias ocasiones se quedó dormida, Vincent la sacudía con el codo, sin dejar de mirar extasiado aquella película que ella no se molestó en tratar de seguir y entender, porque simplemente no la soportó desde el inicio.

Al salir del salón de mariguaneros, así lo bautizó, discutieron sobre el desdén de la mujer en abrir su campo de conciencia para comprender y amar el cine artístico, y la tozudez de él en contra del cine comercial. Me gustan las comedias románticas y quiero ver *Pretty Woman* contigo, no me importa lo que pienses de esa película ni las veces que yo la he visto, dijo firmemente Felicia. De eso se tratan las relaciones, en ocasiones hay que ponerse en el lugar del otro y suelo ser yo la que cede, la que te sigue en tus gustos y convicciones. No, Vincent, así no funcionan las cosas, le dijo y apuró el paso para alejarse del grupo que se dirigía hacia Vincent para intercambiar impresiones sobre esa joya cinematográfica que acababan de ver. Lo dejó solo, y a lo lejos lo veía pavonearse entre los imberbes que lo escuchaban como un maestro, el Wikipedia de San Juan.

Más tarde Vincent se apareció en su casa, le pidió disculpas por quedarse charlando sobre la función, pero Felicia, no podía dejarlos esperando mi opinión sobre el filme, a los jóvenes hay que alentarlos, educarlos, encaminarlos. La mujer lo escuchaba sin dejar de notar esa costumbre suya de recurrir a tres o cuatro verbos, a tres o cuatro adjetivos para referirse a algo; ella se fijaba en el narcisismo que le brota cuando tiene la palabra. Rodeado de gente que ansiaba escuchar su opinión sobre la película, Vincent se engalanaba como un pavo real, parecía un político moviendo manos y labios frente al micrófono. El Vincent es un narcisista irremediable. Su oratoria, su constante intervención enciclopédica sobre cualquier tema, su insistencia en el uso del pronombre Yo sobre el desguarnecido Nosotros.

Para contentarla, se puso cariñoso, se toquetearon, él le besó el cuello, le puso la carne de gallina, y ahí estaban, alegres y entusiastas el par de pezones erectos. El círculo de la reconciliación se completó cuando el amante le pidió que vieran juntos esa película que a ella tanto le gusta. Felicia aceptó; aunque apenas transcurridos unos minutos ya estaba arrepentida porque él no tardó en señalar los clichés comerciales de este tipo de cinematografía y se burlaba de la fragilidad argumental del filme sin importarle que a ella le gustara lo que estaba viendo. La procesión va por dentro: Felicia no lloraba por los entuertos y desplantes de la prostituta que por el azar de Hollywood se cruzó en la vida de un millonario de buen corazón; Felicia lloraba por ella, por sí misma, porque la pelirroja cuyo cabello debía oler a perfume recibía flores y era cortejada, mientras su compañero no le llevaba ni un cadillo de monte, ni siquiera una flor silvestre y ahí estaba hablando como un inoportuno sabelotodo, sin pensar en su sensibilidad. ¿Acaso Vincent no se comportaba como un patán? ¿No estaba asumiendo la misma posición de un Rigoberto, solo que con modos cultos y refinados? Patán es patán, no importa su lenguaje ni sus gestos ni sus modos. Felicia estaba en un dilema. ¿Deseaba continuar una relación así? La atribulada mujer se preguntaba si Vincent la quería, acaso no estaba enamorado y ella se engañaba al pensar que sí. La soledad es una trampa. El sexo es llave y candado.

No solo es su esnobismo con el cine, también su conciencia ecologista que lo empuja a reciclar envases para reusar una y otra vez. Nunca se lo ha querido decir, pero le da asco esa botella de infusión de romero que siempre carga en la bicicleta. El romero es bueno para todo, le dice el hombre mientras se lleva un trago a la boca, y el plástico luce su desgaste en el constante reciclaje. Además, está harta de ir con él a la plaza y esperar que pase el vendedor de café, infusiones y chocolate, quien al verlos se detiene y les sirve una infusión aguada de manzanilla, cidrón o cualquiera de esas hierbas que a Vincent se le antojan como benefactoras de la salud, el placebo perfecto que cura cualquier mal. Para completar el cuadro de patetismo, el cafecero se queda conversando con él sobre los beneficios de esas y otras hierbas y Vincent se larga a hacer sus charlas a favor del naturalismo y la homeopatía, cuando en realidad lo que Felicia preferiría es estar sentada en un café con cortinas en los ventanales y tortas y ponquecitos decorados con formas de animales en colores pasteles. Sentados juntos, ellos dos, acariciándose y relamiendo el dulce de los postres y el gusto del uno por el otro. Ya está cansada también de echarse en la grama del parque a observar las formas de las nubes, eso pudo ser romántico una primera vez, o cuando se tienen dieciséis años y las hormonas dibujan coitos de osos y conejos en el firmamento, pero una mujer de cuarenta y el resto de los años que nunca suma en público no puede seguir con esas muchachadas.

Felicia está entrampada en su dilema.

Esa noche, frente al televisor, viendo una película dijo en voz alta: quiero amor. Necesito amor. No quiero estar más sola. Tiene que ponerle nombre a la relación con Vincent, ya él no puede andar más por las ramas. A su edad y en ese lugar tan pequeño y conservador sabe que no tiene muchas oportunidades, la única hasta el momento había sido tener un romance y hasta casarse con el carnicero, pero qué asco de ser. Ella tan sola y tan poca disponibilidad de partidos para hacer una pareja; aun así, ni loca seguiría los consejos que alguna vez le dio Emilia, quien le sugirió escribir cartas a prisioneros. Esos hombres están tan solos y desesperados que la relación puede funcionar, y lo mejor, decía la florista entre estruendosas carcajadas, es que están encerrados y así no andan por ahí buscando lo que no se les ha perdido. Para no estar solas alcanza, Felicia, hazme caso.

Emilia había tenido una relación con un preso que había matado a su esposa y al amante de esta cuando los encontró en un voraz sesentinueve. El tipo perdió la conciencia y mató por celos, por ira, pero en el fondo era un buen hombre. Él se lo aseguraba: soy un hombre bueno y romántico. Y Emilia le creía, tanto así que estuvieron a punto de casarse en prisión, pero al presidiario lo agarró un cáncer terminal. Emilia dejaba de reírse y decía: él mató por amor. Era un hombre que amaba de verdad. Qué mujer tan loca, pensaba Felicia cuando la veía con los ojos empozados de tristeza. Loca y patética. Pobre Emilia, mira que entablar una relación por correspondencia con un preso. Sola pero no tan desquiciada, pensaba Felicia, tampoco así.

Ya era de madrugada, no lograba dormir. Se habló a sí misma con franqueza: o se quedaba sola viendo televisión con sus gatos o afrontaba a Vincent para que se casaran a pesar de sus rarezas y tacañerías. Si esto último se daba, ella estaba consciente de que sería la jefa de casa, como siempre lo ha sido, y de que si no hacía cambiar al caballero de la bicicleta a ella le tocaría cargarlo en el hombro. En el silencio de la noche, solo acompañado por el ronroneo de los gatos a sus pies, la peluquera tomó una decisión: hablaría claramente con Vincent Alexandre. Le exigiría definir la relación y esta vez no dejaría que los besos en el cuello, los pezones erectos y la pantaleta mojada le empañaran la visión. Así se dijo. Así se convenció.

El saludo al sol

Vincent acostumbra a madrugar, después de lavarse los dientes hace gárgaras de agua tibia con sal para inmunizar todo el sistema respiratorio. Luego se dedica a ejercitarse en el yoga, saluda al sol y empieza el día. A veces ayuna para desintoxicar el organismo. Por lo general, sus desayunos son muy frugales: un vaso de avena con agua endulzada en papelón o una arepa de harina integral con un estornudo de queso, y cada tantas mañanas se come una taza de yogurt firme sin sabor. El pan y el requesón quedan para el almuerzo o la cena; aunque últimamente prefiere cenar en casa de Felicia, a quien, al contrario de él, sí le gusta la comida cargada y abundante: carne, sopas y cremas, estofado, ensaladas, caldo de res, pescado frito, carbohidratos, jugos de frutas y, por supuesto, un buen postre. Vincent le advierte sobre la hipertensión arterial, la diabetes, los infartos y otros males, pero no deja de acompañarla en los banquetes y repetir platos y llenarse más allá de la saciedad.

El modo de vida de Vincent Alexandre es bastante austero, casi monacal. Tiene pocas prendas de vestir y todas cuelgan en un improvisado ropero hecho con un tubo de aluminio montado sobre unos barrotes que alguien alguna vez usó como armazón de feria, el traste hallado en el basurero, el coroto que dejaron de utilizar y echaron al olvido y terminó en manos de un habitual recolector de cosas abandonadas. El color azul sucio de la habitación contrasta con el celeste luminoso del firmamento que Vincent apenas puede ver a través del empañado ventanal, cuyas puntas rotas están tapizadas con papel periódico amarillento y deslavado. Su afuera es una escueta panorámica de techos y tendederos de las casas vecinas y el palabrerío indescifrable de gente en la calle. Las palomas pasean entre los tejados picoteando, sacudiéndose los parásitos y copulando. En las noches, los gatos toman su lugar como si las dos especies de animales intercambiaran turnos tal cual guardias perennes de una fábrica industrial. El Alexandre vive en el cuarto más apartado de un condominio de oscuras habitaciones, cuyo dueño lo ha ido construyendo con la caprichosa arquitectura de un tetris mal encajado, y lo deja a cargo de un conserje que se ocupa de cobrar puntualmente la renta. Todos los inquilinos están claros de que el pago debe estar al día; de lo contrario, dos hombres grandes, fuertes y bravucones les tocan la puerta y en tres movimientos los desalojan sin intercambiar ninguna palabra ni escuchar peticiones piadosas. Ya lo había oído, las paredes de la pensión son tan frágiles que desnudan la miseria, los ruegos y la desesperación de quienes son echados sin más oportunidades que las de recoger sus precarias pertenencias. Los desahucios generalmente ocurren en las noches, Vincent contiene la respiración y en puntas de pie se asoma a la ventana y observa cómo los desalojados caminan por las calles con sus mudas a cuestas, con las espaldas y cabezas gachas cargando sobre sí la miseria que les tocó en la vida. Cuando esto pasa, siente que de algún modo él está en un encierro penitenciario. En momentos delirantes asocia la precariedad con un campo de concentración de la pobreza y se imagina parte de esa eterna y calamitosa vida errante que padecieron algunos, grandes artistas y pensadores del mundo. En sus desvaríos él es una especie de Baruch Spinoza encerrado y pensando en prisión, un Ósip

Mandelstam poetizando desde el gulag, en ocasiones se cree viviendo en la cabaña construida por Henry David Thoreau, más de una vez ha puesto la silla al lado de la puerta para creerse habitante del famoso cuadro de Van Gogh. Cuando ayuna lo hace en solidaridad con el hambre de Tsvietáieva. Lee los versos de Santa Teresa y San Juan de la Cruz arrobado por el misticismo de quien está perdiendo completamente la razón.

Cuando llevó a Felicia a conocer su morada, presionado por ella que deseaba saber dónde y cómo vivía, sintió que esa mujer parada en la entrada del cuchitril era la reina Isabel observando por primera vez la habitación de un plebeyo. Ella con sus manos aferradas a la cartera negra y cuadrada que mantenía sostenida sobre el vientre, vestida con una falda larga de diminutos cuadros grises, una chaqueta estilo bolero ceñida al pecho, el cabello recogido en un moño y la mirada que, aunque lo intentara, no lograba disimular lo perturbada que se sentía frente a lo que Vincent llamaba la habitación del artista, la morada de Santa Teresa. Van Gogh vivió en una habitación mucho más modesta que esta, querida, y mira adónde llegó el pintor. Felicia callaba, lo hacía porque realmente se sentía desencajada; si hablaba tendría que recordarle a Vincent que él no era Van Gogh, ni siquiera era artista, ni las artes manuales se le daban bien, porque es incapaz de armar un matero con paleticas de madera.

Vincent la invitó a pasar y la mujer entró con cautela, se sentó en la única silla que encontró en la habitación. La silla que le sirve al inquilino para comer, leer, reflexionar, escribir, su cetro de poder. En su habitual condición de inoportuna, una chiripa no tardó en asomarse desde el ropero. Parecía que el insecto saliera a husmear la visita, tan desacostumbrada estaba a que alguien pisara ese lugar más allá del modesto inquilino que eventualmente conversaba con ella y los demás miembros de su numerosa familia de cucarachas. Felicia se llevó las manos a la boca, les tiene un asco tremendo a cucarachas y ratones. Vincent trató de tranquilizar a su compañera: es apenas una chiripa fisgona, uno de esos seres que darán cuenta de la existencia del ser humano cuando ya no estemos. No seas asqueroso, Vincent, mátala, por Dios. ¿Y me lo pides por Dios, Felicia? ¿Me pides por Dios que asesine a una indefensa cucaracha que no sabemos a quién está reencarnando? ¿Cómo saber si esta pequeñita no es la reencarnación del sabio Krishnamurti? ¿Krishnaqué?, preguntó Felicia con los ojos clavados como hachas en los disparates que balbucía su pareja. Krishnamurti, mi amor, no seas ignorante, le respondía sin dejar de atender la presencia de ese ser que tal vez contenía la esencia de uno de sus maestros espirituales. Mira, Vicente López, para mí puede ser la mismísima Cucarachita Martínez, no me importa quién sea ese inmundo bicho, lo que sé es que es un agente infeccioso, ¿me escuchas, Vicente López? No, Vicente López no la escuchaba porque él no es Vicente López, ella lo sabe. Y en ese momento Vincent Alexandre se encontraba en uno de sus desvariados trances entre lo humano y lo divino. Lo cósmico, lo trascendental, la apertura de la mente y del tercer ojo.

Vincent no cesaba de observar al animal, podría decirse que se comunicaba con él. Felicia con el rostro desencajado insistía: estás loco, aplasta ese bicho. El insecto sin saberlo se hallaba en presencia de una disputa de pareja, y sin más desapareció del medio. Felicia se quedó tranquila cuando el bicho huyó; aunque no dejaba de asombrarse por la apacible y loca reacción de su quién sabe qué cosa. Ya se fue, Felicia, puedes estar tranquila, no cabe duda de que bajo su capa marrón esa pequeñita lleva consigo un ser de luz que prefiere la paz ante tu guerra.

Se sabe, era el momento para que la mujer saliera de la habitación y de la vida de ese loco, pero no lo hizo. No se fue. Lo que suceda en adelante, está bajo su responsabilidad. Que no se culpe a nadie, Felicia. Todo es lo que parece.

Aun cuando la pensión cuenta con una cocina comunitaria, el inquilino se las ha arreglado con una cocina eléctrica de una hornilla, porque prefiere no fraternizar y tener que esperar su turno para cocinar junto a los demás residentes. Después del episodio de la cucaracha retomó sus modos calmados, con suma cortesía invitó a la visitante a tomar yerba mate y puso a hervir agua. Felicia aceptó para tranquilizarse un poco; aunque no dejaba de pensar en la poca salubridad del lugar, de manera que acaso probó la bebida mientras Vincent se largaba a hablar de su espacio, de cómo ese apartado rincón le permitía pensar, reflexionar, investigar, sentir. Es un hecho, Vincent es un acumulador de verbos, sustantivos y adjetivos, un habilidoso hablador de paja.

A pesar de lo incómoda que se mostró, una vez más cedió en su punto de debilidad, en esa oportunidad tuvieron sexo. El catre no dejó de chirriar en cada movimiento de los amantes y el pudor de ser oída por el resto de los habitantes no evitó que ella disfrutara el coito. El amante la tranquilizó diciéndole que el sonido de los catres en las noches es para todos los residentes el canto habitual de las chicharras. Nadie se inmuta, nadie se queja. El ser humano copula, Felicia, y también el resto de las especies. La sociedad burguesa es la que se escandaliza por un hecho natural. Felicia le puso la mano en la boca para que no se lanzara un discurso. Y lo volvieron a hacer y el catre acompañó los gemidos con sus oxidados chirridos.

A pesar del goce sexual, Felicia no dejaba de horrorizarse con ese feo azul de las paredes y la posibilidad de que toda una familia de cucarachas, incluyendo a sus miembros más chicos, estuvieran observándola desnuda, encaramada sobre el cuerpo de su querido.

Después de esa visita de inspección pocas veces Felicia volvió al cuarto del pretendido artista sin obra. Vincent tampoco hizo mayores esfuerzos para que ella regresara, creía que era mejor así. Él lograba mantener su espacio privado y le evitaba a la mujer malestares pequeñoburgueses.

La rutina de Vincent Alexandre consiste en una especie de eterna formación intelectual, espiritual, crítico-performativa, filosófica, ecologista, política y religiosa; son estos apenas unos de los perfiles que él saca a relucir en sus reiterativos soliloquios y conversaciones con quienes estén dispuestos a escucharlo, confluyendo todos estos apéndices de saberes en un hilo retórico tan largo e ininterrumpido que una bandada de aves que vuelen de norte a sur podría pararse sobre él como un tendido eléctrico infinito.

Solo con retazos, bosquejos, intuiciones, imprecisas hipótesis podría armarse a tientas el historial de tan escurridizo personaje. Siguen faltando piezas del pasado de Vincent Alexandre, presentado en quién sabe qué jefatura de qué lugar como Vicente López. Nombre que el susodicho cambió porque un artista debe llevar el suyo propio, no el impuesto por sus padres, como alega cuando Felicia lo interroga sobre su cambio de identidad. Ella podría entender la autonomía identitaria de un artista, lo que no termina de encajar en la argumentación del aludido es: ¿artista de qué? Hasta el momento lo único que tiene Felicia ante sus ojos es un artista del hambre, el acróbata que se libra de las obligaciones de la vida diaria, el mago de la evasión cuando llegan las cuentas, el malabarista de las excusas para asumir el compromiso de una relación de pareja. El tiempo de convivencia se ha encargado de desdibujar cualquier croquis artístico que bordeara la imagen que de sí mismo tiene Vincent Alexandre y en ese desdibujamiento van quedando los manchones que podrían traducirse como el rostro de un payaso.

Unas cortan calabacines, otras hacen el amor

San Juan fue fundada en 1558 por un español que se embarcó a última hora en la ruta de la conquista no por aventurero, sino por deseo de sobrevivencia: su mujer lo buscaba cuchillo en mano para cortarle los huevos porque la había engañado con otra. Cuenta la leyenda que la ciudad se llama San Juan porque las lenguas de sus primeros moradores se encargaron de tajarle la cabeza al mártir con la afilada habilidad del chisme.

Lugareño que no sea lenguaraz no es de San Juan, se comenta entre ellos. De modo que el acoso del carnicero Rigoberto de la Trinidad en contra de la peluquera Felicia Urdaneta se extendió como polvorín por casas, ventanales, calles, plazas, merenderos, rendijas y cualquier rincón con espacio y aire para permitir la emisión del habla en un diestro, ingenioso e hiperbólico boca a boca que da cuenta de la ilimitada y perversa capacidad creativa del chisme. Cada boca a boca iba agrandando el hecho ocurrido en la peluquería con la potencia de una explosión de dinamita. El trabajo en conjunto y la extensión del mismo fue de tal magnitud que si se hubiera tratado de una comunidad tejiendo una red para emboscar a un monstruo marino seguro habrían atrapado al Kraken, el gigantesco calamar medieval que asoló mares en mapas y tiempos míticos.

Se habló de manoseo, golpes, rasguños, desnudos y hasta de violación. Las mujeres, a quienes Felicia no les agrada, insisten en que ella se lo había buscado. Mujer divorciada sentada en la plaza con un grupo de hombres únicamente puede buscar una cosa y la encontró. Y quién sabe con quién más se acostaría.

Eso le pasó por buscona. Otras hacían chistes picantes sobre testículos de toros y lenguas de vacas y se reían con la mano tapándose la boca como para que tan vulgares jerigonzas quedaran entre ellas mientras tejían pañitos para las rinconeras de sus dulces y católicos hogares. Muy pocas fueron solidarias con la agraviada, San Juan era un hervidero de procacidades y erráticos juicios de valores morales. La florista rabiaba al picar cebollas, calabacines y tomates para su almuerzo en solitario. Al hacerlo se preguntaba qué le veía Rigoberto a Felicia, si mirándola bien ella tiene un aire a Miss Piggy, la cerdita de los Muppets. Con una inexplicable molestia que le roía el alma, Emilia cercenaba cada vegetal y recordaba los versos, de una tal Miyó Vestrini, leídos accidentalmente en el suplemento cultural del periódico que le sirvió para envolver un ramillete de flores: «unas cortan calabacines, otras hacen el amor».

Samuel fue uno de los que verdaderamente se indignó ante la arremetida del carnicero y sin pensarlo mucho fue a dar la cara por su amiga. Cuando estuvo frente al acosador le dijo que se pasó de tarado, que cómo se le ocurría intentar abusar de una mujer, que si acaso el aguardiente le comió las neuronas. Rigoberto se mostraba impertérrito ante los reclamos. El carnicero no era más que una mirada vacuna perdida en un rosario de sobrenombres contra su rival: gaznápiro, pescuezo, enclenque, gañote, lombriz, fulano, zutano, mengano, sucedáneo, mientras pasaba las patas de res por la picadora. Samuel insistía en reprochar su vil comportamiento, esfuerzo inútil el suyo, era como si hablara solo. El carnicero seguía picando, rebanando, moliendo carne y acumulaba motes cada vez más despectivos contra su rival: imbécil, malera, escuchimizado, canijo, farsante, desgraciado, enteco, renacuajo, muerto de hambre, paticas de pollo con polio. El sastre se cansó de ver que el hombre no entraba en razón y lo dejó solo en su enloquecido soliloquio. Temía que en un ataque de ira se sacara sus propias tripas y moliera su corazón; así que prefirió irse.

Mientras todo el pueblo era un colgadero de chismes en su contra, Felicia en su casa continuaba pensando cómo hacer para que Vincent se comprometiera con ella y le diera su puesto. Ella saldría con la frente en alto, no se dejaría amedrentar por la vileza de Rigoberto ni por los comentarios mal intencionados de un condado de cotilleros, pero necesitaba saber que contaba con alguien. Vincent, por su parte, estaba en su habitación leyendo el manifiesto anarco-ecologista de Unabomber, el terrorista antisistema, el apóstata del mundo tecnológico.

Entretanto, allá en el pasado, en el siglo XVI, años después de que el marinero Colón se tropezara con un mundo desconocido, una mujer se quedó parada en el puerto con un cuchillo en las manos, pegando gritos al barco para que le devolviera al hombre, al desgraciado traidor que huía de su venganza. La embarcación se alejaba, se volvía una cosa mínima, un punto movedizo en el mar hacia la conquista y expansión del poder de los reyes católicos. Adentro iba el hombre, escondido en las galeras, con los huevos a salvo y sin tener la menor sospecha de que sobreviviría al tifus que mataría a buena parte de la tripulación, incluyendo al jefe del viaje designado para tomar nuevas tierras en nombre de la corona española. Y así, el hombre que salvó sus testículos de una mujer furiosa –quien se convertiría en una asesina serial cuando el término todavía no se empleaba, pero cuyo método de castración mortal de sus amantes sirvió para ser usada en su contra y ser acusada de bruja y quemarla en la hoguera– se alzó como el fundador de San Juan, asumiendo el rol, el traje y el título nobiliario, la identidad que correspondía al delirante moribundo prendido en fiebre, cruzado por manchas rojas y llagas ardientes, cuyo cuerpo echó al agua.

San Juan es, pues, una pequeña ciudad fundada en los cimientos de la impostura y la usurpación.

Oclofobia

A la hora acostumbrada, como el espíritu de la navidad del pasado que año tras año aparece para atormentar a Ebenezer Scrooge, Vincent Alexandre toca el timbre de la casa de su compañera, como a él le gusta llamarla. Quien lo recibe es una mujer con el rostro demacrado y cuyo maquillaje no logra disimular la hinchazón del llanto, el dejo de tristeza, la impotencia y la más insoportable arrechera. Él, en cambio, está lozano, ligero, como un muchacho despreocupado por los asuntos cotidianos. A Vincent le preocupa el futuro de la humanidad, no las peripecias diarias del ser humano, de modo que el altercado sufrido por Felicia casi lo había olvidado.

La mujer que le abre la puerta ya no es la misma que lo esperaba con café, galletas, una cena caliente y la entrepierna jugosa. Sus estrategias de seducción han cambiado, ella está enfocada en su treta para arrinconar al hombre y definir de una buena vez el futuro de ambos. Por esa razón, Vincent la nota un poco ceñuda, y le extraña la falta del dulce olor de las galletas en el horno. Ella, tan atenta, esta vez ni siquiera se dirigió a la cocina a poner la greca del café sobre el fuego. Algo estaba ocurriendo y Vincent no sospechaba qué podría ser.

Quiero cenar fuera, le dice, deseo ir a un restaurante, espero me invites. La petición de Felicia lo descoloca, para esquivar el primer zarpazo le recuerda de modo zalamero que no hay en toda la ciudad un lugar donde se coma más rico que en casa de Felicia Urdaneta, y sonríe con sus dientes de conejo nervioso. Quiero una cena romántica, comer en un restaurante, quiero que me sirvan, que otros cocinen, que no sea yo la que lave los platos y limpie la cocina. Eso es lo de menos, mi amor, yo puedo ayudarte a fregar la vajilla; es lo único que se le ocurre para esquivar la bala que esa repentina vaquera dispara en su contra. No seas ordinario, Vicente López, ya deja el guabineo e invítame a un restaurante, quiero una maldita cena romántica, la merezco y punto. La obstinación de Felicia, el tono amargo e imperativo de su petición empalidecen al aludido, quien además es observado por el par de gatos gordos con mirada desdeñosa. ¿Qué pasa?, se pregunta para sus adentros, ¿acaso todos los de esa casa se pusieron en su contra? Caramba, mi querida Felicia, me agarras fuera de contexto, déjame ver qué se me ocurre, responde al sentirse recostado contra la pared, como si esta fuera una diana y la mujer lanzara puntiagudos dardos directo al corazón de su bolsillo. Lo único que se te tiene que ocurrir es el nombre del restaurante y yo tengo varias opciones, no entiendo tu dilema. Felicia sigue firme con su plan: o el hombre cede o ella termina sola de una vez, ya está bueno ya. Está bien, mi amor, pero esto hay que planificarlo primero. ¿Planificar qué, Vicente López? Hay un restaurante francés, Le Papillon, un poquito costoso pero no está mal darnos un lujo de vez en cuando. Si quieres algo más modesto están las pizzas y pastas de Donatto, también están los sirios, su menú jamás decepciona. El restaurante Don Tobías tiene platos de comida local. Vincent Alexandre mira a la mujer como si le estuviera hablando en otro idioma. Apabullado, se juega una carta muy baja: nunca te lo había querido decir, mi vida, pero te confieso que sufro de oclofobia. ¿Oclo qué? Oclofobia, mi amada Felicia, es la fobia a estar rodeado por la muchedumbre en lugares cerrados. El rostro de la mujer se enrojece, está indignada, esto definitivamente la sobrepasa. ¡Oclofobia!, primera vez que escucho esa palabra, exclama con voz alterada. Existe, la palabra existe, no está en la RAE, Felicia, porque esa gente es muy limitada, pero sí aparece en el Wikcionario y significa eso que te dije, el miedo irracional y enfermizo a las multitudes. Vincent Alexandre, el rey de la empatía, insiste en continuar con sus explicaciones y cuando va en pos de la etimología griega del término, la mujer lo increpa: si es verdad que padeces ese miedo, ¿por qué nunca lo sientes cuando vamos a las funciones comunitarias del cine o cuando te rodean los chicos para oírte hablar acerca de la película que acaban de ver? ¡Oclofobia mis chancletas!, le larga Felicia harta, exasperada, con las manos con ganas de hacerse puños. La mujer le lanza un ultimátum: ya sabes mi deseo, vuelve cuando estés dispuesto a llevarme a cenar, hoy estoy cansada. De inmediato, lo conduce hacia la puerta y se la cierra en la cara. Felicia está consciente de que está apostando el todo. Con lo miserable que es Vincent, él es muy capaz de no volver a dejarse ver el rostro con tal de salvar su bolsillo.

Oclofobia, por Dios. A quién se le ocurre.

La cena

El hombre no le quiso decir a qué lugar la llevaría a cenar, quedaron en que pasaría por ella a las ocho de la noche y que le daría una sorpresa. Felicia no sabía si emocionarse por el anuncio de la sorpresa o temer por la premonición que se le anidaba en el pecho como un montoncito de pulgas en el lomo de un perro. Y sucedió, a la hora pautada, tenía al mentado Vicente López tocando el timbre de su casa con un espelucado ramo de margaritas que ofreció apenas le abrió la puerta. Las flores la enternecieron y prefirió no preguntarse de dónde las había sacado, a simple vista no parecía un ramillete hecho por Emilia, quien es toda una profesional elaborando arreglos florales. El que llevaba Vincent parecía bastante silvestre, como arrancado de algún jardín vecino, mejor no preguntarse nada, preferible no arruinar el detalle. Felicia se había puesto el vestido azul turquesa, el de escote y volados a la altura de las rodillas, ese que pocas veces usaba porque lo reservaba para una ocasión especial. Y si esa no era una ocasión especial, ¿cuál sería?, ¿su propio funeral? No, esa noche tendría que ser memorable, así lo había decidido al ponerse perfume sobre los pechos y encaramaba sus pies sobre los tacones que de tan poco uso iba a perder.

¿A dónde vamos, Vincent?, le preguntó y al hacerlo cruzó los dedos para que no le arruinara la ilusión o le confirmara su temor. Vincent vestía la misma ropa de siempre, aunque en el ojal de la chaqueta llevaba una margarita del mismo ramillete del regalo. A Felicia eso le pareció un detallazo. Él no quiso responderle su pregunta y le propuso caminar, la noche estaba muy bonita para respirarla, dijo e inhaló aire, el muy Juan Salvador Gaviota.

Felicia sintió una punzada en la cabeza, la primera señal de una futura migraña. ¿Cómo iban a caminar si ella estaba tan arriba sobre esos incómodos tacones? Pero no dijo nada, sabía que si se quejaba por la incomodidad de sus zapatos podría terminar con ampollas en los pies y un discurso sobre la banalidad de las costumbres y atuendos burgueses. Ninguno de los restaurantes en los que ella había pensado quedaba tan cerca de casa como para ir caminando, ni siquiera la feria de comida del centro comercial. La punzada en la cabeza ahora estaba acompañada de una especie de arritmia que Felicia trataba de controlar porque esa noche, a juro, tenía que ser especial, de lo contrario ella se quedaría sola, odiosamente sola, cortando cabezas a hombrecitos de jengibre bronceados en el horno.

La caminata le hizo recordar por qué usaba tan poco esos condenados zapatos. Ella callaba, tragaba grueso, deshacía los nudos que en forma de presentimientos se le querían aglomerar en el pecho. Él hablaba, le mostraba las constelaciones, allá están las Pléyades, las siete hermanas observándonos. ¿Ves, Felicia?, ¡esta belleza solo se puede contemplar caminando!, y abría los brazos como si quisiera abrazar el universo, el cosmos entero. Pero Felicia solo sentía las estrellas que le producían los tacones en los pies, y cuando ya estaba a punto de venirse en quejas y reclamos, Vincent le tapó los ojos con las manos y le informó que la iba a vender para acercarse a donde iban, como si se tratara de la Baticueva. Felicia dejó hacer. Que el agua llegara hasta donde quisiera llegar, pensó.

Llegamos, dijo. Lo primero que la mujer percibió fue un reconocible olor a fritura y el bullicio de un mercado popular. Él la condujo hasta una silla. Una vez sentada le quitó el pañuelo del rostro y con una amplia sonrisa que le abarcaba toda la cara exclamó descaradamente alegre: te traje al lugar más popular y entrañable, estamos en el corazón de San Juan: La Churrería de los portugueses.

Nada en contra de los churros tiene Felicia; al contrario, le encantan, sobre todo a la hora de la merienda: churros remojados en espeso chocolate. Si Vincent pensó que la llevaba a un lugar desconocido estaba pasado de ridículo. Todos en San Juan han merendado en los churros de los portugueses. Y a pesar de su gusto por estas masitas fritas, la churrería en definitiva no es un lugar para una velada romántica; y menos aún sentados en la mesa más pequeña del local, al lado del baño, porque las demás están ocupadas como es habitual en un sitio tan concurrido. Ahí está Felicia sintiéndose ridículamente infeliz, en un tono azul turquesa, con el pelo constreñido de tanta laca y los pies hinchados que se asoman fuera de los agobiantes zapatos mientras Vincent es todo sonrisa y cordialidad, y mesoneros, comensales y churreros intentan comunicarse entre el sonido de la fritura y la rapidez de las comandas. La escena final muestra a su amante quitando un florero de una mesa vecina para ponerlo en la que ellos ocupan. Un florero arcilloso con una flor plástica y rosada, con polvillo entre el pistilo que produce un estornudo al fantoche de Vincent Alexandre al aspirar juguetonamente su olor. No hay ningún cardiólogo en el restaurante ni a varias cuadras de distancia, por si acaso el corazón de Felicia revienta de un carajazo.

Cuando el mesonero se presentó en la mesa con el servicio de una docena de churros y un tazón de chocolate, Vincent se dispuso a enseñarle a su compañera cómo debe mojarse el churro en la espesura del cacao. Como poseída por la mirada cubista de Picasso, Felicia vio al fulano en forma de cuadritos. ¿Qué le pasaba a ese hombre? ¿Por qué tenía que explicarle todo como si ella fuese una idiota? ¿Acaso ella no había comido durante años churros con chocolate en las tardes de niña con su padre, luego junto a sus amigas del liceo, cuando el portugués dueño del negocio era un hombre joven, con pelo y sin panza? ¿Por qué este hombre que no se cansaba de explicar todo como si fuera un maestro de primaria no revelaba por qué la llevó allí en vez de a un lugar íntimo, romántico, tal como se lo había pedido? Mientras el López largaba su perorata sobre la ruta del cacao y el esfuerzo de los conquistadores españoles por hacerse de ese oro negro y cómo el cacao fue determinante para la economía de San Juan en otros tiempos, al fondo se dejaba leer la cartelera que con tiza de colores y el dibujo mal trazado de una taza humeante rodeada de masas fritas daba cuenta del miércoles especial del Combo Churrero: una docena de churros+chocolate. No podría ser de otro modo, Vincent Alexandre escogió el comedero más económico de todo San Juan, un día de la semana, impensable para él que fuera un sábado o un domingo. Eligió el miércoles de oferta, el día del combo churrero. Y ahí está Felicia, ridículamente vestida para una ocasión especial, rodeada de gente que nota su vestido fuera de lugar, jóvenes que juegan a lanzarse pedacitos de masa, grupos de muchachas que coquetean con los muchachos de las mesas vecinas, y jubilados que piden los churros sin azúcar porque la hipertensión les amarga la vida. Ese es el escenario real. Y ella que en lo más oculto de sus pensamientos esperaba que el hombre le entregara una caja y dentro de esta hubiera otra más pequeña y así sucesivamente hasta llegar al lugar común de todas las cajitas sorpresas: un anillo de compromiso... Pero no hubo ocasión especial, esto fue simplemente una hijueputada más, y la migraña se estaba convirtiendo en un monstruo que le mordía la cabeza. El rostro cubista de Vincent Alexandre se deshacía ahora en un bosquejo de Bacon, Felicia se sentía mareada, todo a su alrededor daba vueltas, hasta el mesonero que venía a cobrar la cuenta porque ella le pidió a su no sabe qué que la sacara del lugar, que se sentía mal. Y allá va la mano de Vincent lenta hacia su bolsillo, tal como lo había descrito el panadero en la plaza: meticuloso al momento de llevarse la mano a la cartera para sacar el dinero y pagar. Pero la suya no era una billetera corriente; en su lugar sacó una especie de talego hecho de cuero de chivo, como esas antiguas bolsas para llevar monedas en tiempos feudales. Tomó unas con el rostro del libertador de San Juan y de todo el país, las puso sobre la mesa para contarlas con patológica exactitud. El educado y miserable comensal le pasó al mesonero el monto exacto de su ración de churros con chocolate, ni una moneda quedó para la propina. El mozo llevó el pago al portugués, ya viejo y sin el entusiasmo de sus primeros años al frente del negocio. El pago en monedas la avergonzó y descorazonó. Felicia quiso vomitar. Intentó ir al baño, pero estaba cerrado porque no había agua. Las náuseas recrudecieron en la mujer que había pasado parte de la tarde viendo tutoriales de cómo pelar y comer langostinos con las manos sin perder la elegancia. Apenas le dio tiempo de salir de la churrería, ni se fijó si Vincent venía con ella. Una vez afuera vomitó en la cuneta, justo al frente del vendedor ambulante de cigarros que maldijo al ver que le asqueaban el punto de venta.

En algún momento notó que Vincent le sostenía el pelo enlazado para evitar que lo llenara de vómito. Cuando se repuso le pidió que llamara un taxi, pues quería llegar pronto a casa. La idea de pagar un taxi puso nervioso al avaro, al de las monedas contadas, al tipo que no da propina. Estamos cerca, Felicia, los taxistas son unos usureros y caminar te hará bien para recuperarte del bochorno estomacal. Vamos, chica, apóyate en mí, yo te ayudo. Felicia lo miró con ira contenida, llama a un taxi, por favor, se lo volvió a pedir, esta vez en forma de mandato rabioso. Y fue ahí cuando Vincent, el desconocido de San Juan, el del paseo en bicicleta a las seis de la tarde, el experto en librarse de situaciones embarazosas usó su último recurso: Felicia, quiero que comprendas que eres muy especial para mí. El vendedor de cigarros ya estaba desarmando la mesa para irse a otro lugar; sin embargo, cuando escuchó el inicio de lo que parecía ser una declaración amorosa se tomó su tiempo para escucharla. El cigarrero es un alcohólico que vive solo; también es un romántico empedernido. Compra noveletas de amor, pasión y celos en la librería de viejo, lo hace a escondidas porque no está bien visto que un hombre lea esas cosas de mujeres. Las lee en su cuarto de pensión, y se masturba con los diálogos edulcorados; así que ver a esa pareja al frente suyo en una situación entre furiosa y sentimental lo pone cachondo.

Vincent tomó las dos manos de la mujer del vestido turquesa y comenzó su proclama: Felicia, ya sé que no soy el mejor, ¿pero acaso la vida se trata de una competencia deportiva? Esos empeños competitivos han llevado a la raza humana a la mezquindad y al egoísmo. Vincent, quiero irme a casa, lo interrumpió, no estaba dispuesta a oír un tratado antropológico o sociológico o lo que fuera que él estuviera a punto de pronunciar. No, Felicia, escúchame primero, por favor. Siempre te escucho, le respondió secamente sin mirarlo a los ojos, te escucho demasiado, maldita sea. No lo miró a él, miró al frente, se fijó cómo el de los cigarros aparentaba recoger su tarantín que consistía en una mesa desplegable con una vieja maleta encima y un gran paraguas de colores; la imagen de por sí ya era surrealista, ella lo notó sin comentárselo a Vincent, quien en algún momento le había dicho que en eso consiste el surrealismo: en el encuentro fortuito de una máquina de coser, un paraguas y una mesa de disección, porque él hubiera comenzado a hablar de cada uno de los manifiestos de Breton, el fulano que maltrataba a una mujer loca. Oh, no, todo es tan patético, qué hacía ahí con ese hombre tomándole las manos y mirándola con ojos de cordero a punto de ser sacrificado y ella pensando en anécdotas que él mismo le había contado, una de esas interminables historias que narraba en sus paseos; ella tenía la cabeza embotada de tanto cuento, de tanta paja hilada por un tipo cuyo único patrimonio es la verborrea. Para completar el cuadro, su vestido se rompió en uno de los costados en el momento en que la mujer salió corriendo y rozó una bisagra que sobresalía de la puerta. Ahora su versión del Chanel de Marge Simpson tendría que pasar por el mismo proceso de la señora Simpson: habría que cortar, coser, reinventar. El encuentro fortuito entre una máquina de coser, un paraguas, una mesa de disección y un empedernido hablador que podría volverla loca como a esa pobre Nadja, la del fulano Breton.

Me voy, Vincent, el anuncio fue categórico. El vendedor pensó: hombre, la vas a perder, muévete. Y como si la comunicación telepática funcionara, Vincent Alexandre sacó por fin su carta bajo la manga: el anillo.

El compromiso

Le costó aceptarlo, pero ya era momento de sentar cabeza. Felicia es una buena mujer y le ha abierto las puertas de su casa y de su corazón, se convencía mientras iba al mercado persa a buscar un anillo de compromiso. Era inviable continuar esquivando el compromiso exigido por Dios, por la sociedad, por la familia. Adán y Eva rompieron el pacto y los pusieron a sudar y padecer. Tanta institucionalidad lo agobiaba; sin embargo, tenía claro que la vida es una constante transacción. Un pacto amoroso, familiar, político, patriótico, comercial; un intransigente pacto con el sistema y el demonio. Eso sí, no pensaba darle el gusto al joyero ucraniano de San Juan, porque consideraba que sus precios son una estafa. Venir de tan lejos, desde un pueblo oprimido, para estafar a la gente, le reclamó al echar un vistazo a sus prendas y cotizaciones. El joyero no lo escuchó porque está viejo y sordo y el único sonido que reconoce es el del timbre de la caja registradora cuando se abre.

Después de merodear toda una mañana por los escondrijos del mercado, Vincent logró dar con un anillo de plata quemada y una pequeña piedra rosa incrustada en el medio. El anillo tenía un detalle: las iniciales no coincidían con las de Felicia Urdaneta, el aro plateado llevaba marcadas las letras C y R. La vendedora, una mujer que tenía puesta una pañoleta en la cabeza, varios collares y abalorios colgando en el resto de su cuerpo, se aprovechó de la confusión de Vincent, que creyó ver en ella a una gitana de origen rumano por el hecho de trabajar en un mercado persa, llevar pañuelo y vender fruslerías, cuando en realidad la mujer no solía usar pañoleta sobre la cabeza, pero en ese momento la suya estaba cundida de piojos que había traído el nieto de la escuela y el pañuelo le servía para mantener en orden y ahogados a los bichos. ¿Usted es gitana romaní?, le preguntó el curioso y paciente comprador que detallaba toda la tienda. Ella asintió con desconfianza sin tener muy claro qué significaba eso de ser gitana romaní, ni dónde quedaba Rumania. Toda su familia había crecido en San Juan, que ella supiera, pero si tener un pasado romaní le garantizaba la venta del día para comprarse el champú matapiojos y algunos chorizos, pues ella sería romaní; así que asumió el papel y aprovechó para hacer la venta con algo de palabrería: las iniciales pertenecían a una novia difunta que fue feliz en su matrimonio. Ella era mi prima, me cuesta desprenderme de esa prenda, pero según la creencia gitana llevar el anillo de una novia difunta que fue feliz en su matrimonio también llevará felicidad a la nueva novia. De eso se trata. Vincent quedó maravillado con el simbolismo mágico de la piojosa que con disimulo se rascaba la cabeza y hacía sonar sus pulseras para impresionar más al comprador de mitos, y este sin hacer más preguntas, pero sí regatear el precio, compró el aro para su prometida.

El momento especial para asumir el compromiso había llegado. Frente a una mujer desencantada, molesta y con malestar estomacal Vincent Alexandre se puso de rodillas, ante la mirada expectante del vendedor de cigarros y condones detallados, de los comensales de la churrería y del propio portugués que levantó el culo de la silla frente a la máquina registradora para observar lo que afuera estaba ocurriendo, y con la mano temblorosa sacó el anillo de su chaqueta y le pidió a Felicia Margarita Urdaneta Páez que fuera su esposa. En ese momento la mujer era una maraña de sentimientos encontrados, la petición de mano la tomó por sorpresa. Sentimientos de alegría, irascibilidad y patetismo se le aglomeraban en el pecho y en la cabeza. La sensación vertiginosa se tradujo en la inundación de lágrimas que le corrieron el rímel y le dibujaron ríos negros en el rostro.

Sobre ellos empezaba a caer una garúa que arruinaba el peinado tieso de laca y lo expandía en un frizz incontrolable. ¿Te casas conmigo, Felicia? El de los cigarros repetía la pregunta moviendo los labios en susurro, como si fuera él quien estuviera haciendo la propuesta amorosa. Contra todo pronóstico, a pesar de la dignidad herida, del desasosiego que le producía ese hombre tan poco empático frente a los afectos y malestares sentimentales, Felicia contestó: sí, me caso contigo, Vincent, pero tenemos que hablar. Nadie entre los curiosos escuchó el pero tenemos que hablar. Para todos fue suficiente el sí, me caso contigo, Vincent y reventaron en aplausos y vítores como si todos fueran parte del compromiso y los invitados a un futuro banquete. El más emocionado y triste era el vendedor de cigarros, quien asistía al cortejo como el que ve un final feliz del que no forma parte.

La muerta del anillo debió tener las manos pequeñas y finas porque la argolla solo cupo en el dedo meñique de la futura señora de López. La alegría había logrado destronar al resto de sensaciones caóticas, turbulentas y malos presentimientos que sobre Felicia se cernían; de modo que no importó que el aro no estuviera hecho a su medida. Luego le explicaría Vincent, también, por qué no llevaba sus iniciales. La necesidad de no estar sola le dio el jaque mate a la mujer; no puede haber otra explicación. No me reclamen, no es mi culpa, tampoco es culpa de Felicia. Culpen a la soledad. Ahí está, ella la azuzó. A callar los reclamos, que esto se puede poner romántico. Que se besen los novios.

Los novios se besaron, a pesar de que ella había vomitado. El portugués conmovido por el sí frente a su negocio les envió una bolsa grasienta con una docena de churros como presente de la casa y buenos augurios por la dicha de los futuros esposos. Lo hacía en memoria de Fátima, su difunta mujer, a quien amó tanto a pesar de sus ronquidos y mal humor.

Las rotativas

El chisme llegó temprano a la carnicería, también al resto de los establecimientos comerciales, plazas, parques, escuelas, lavanderías, cocinas, estacionamientos, kioskos, oficinas, moteles y cualquier rincón comprendido en el mapa territorial de San Juan. La peluquera se comprometió con el tipo de la bicicleta al frente de la churrería, se escuchó en todo el pueblo como si circulara el titular de un tabloide inglés dando cuenta de un noviazgo de la realeza británica. A Rigoberto le soltaron la primicia con saña y mala intención, lo hicieron dos clientas suyas que habían escuchado acerca del altercado del carnicero con la peluquera. Cuentan que le pidió matrimonio de rodillas, dijo la primera mientras la otra pedía un kilo de panza. ¿En serio?, exclamó la del kilo de panza y las dos paticas de cochino. Sí, toda la gente que estaba donde el portu lo vio. Chica, mira tú, todavía hay hombres románticos, soltó la otra mirando con el rabillo del ojo al carnicero cuyo rostro estaba enrojecido no por la noticia sino porque el aguardiente le había barnizado ese tono rojizo en la piel como una costra perenne. A mí me pones un kilo de costilla, le pidió una de las compradoras, mirándolo con sorna. Eso sí, Rigoberto, bien picada esa costilla. Rigoberto no estaba para gracias, y con una afilada picadora partía los huesos de la costilla como si tuviera en sus manos el cuerpo del prometido de Felicia. Las amigas seguían chismorreando entre susurros y risas, el carnicero quería librarse de ellas, deseaba que se fueran pronto para entrar al congelador y golpear hasta el cansancio el cuerpo de una res colgada del garfio. Solo así podría desquitarse, sacarse de encima esa rabia, el dolor, la grandísima arrechera. Rigoberto, ¿tienes huevas de pescado?, se devolvió a preguntarle una de las señoras cuando ya había sido despachada. Le aseguro que tengo los mejores huevos de toro de San Juan: grandes y bien llenos, ¿los quiere?, le respondió en el tono más procaz de su repertorio. Lo hizo mirándola con dos grandes ojos desorbitados, harto del tono burlón de la doña. La mujer se ofuscó y apuró el paso, trastabillando, para ir al encuentro de su amiga que la esperaba unos metros adelante. Ambas caminaban tomadas del brazo, una llevándose la mano al pecho, azorada, espantada de tanta vulgaridad; mientras tanto, en el congelador de la carnicería una res moría otra vez por los puños de un hombre descorazonado.

Esa tarde, en la plaza nadie lo esperaba. Samuel, Emilia y el panadero se sorprendieron cuando lo vieron llegar en el momento en que casi se despedían. Rigoberto llevaba el rostro descompuesto y unas magulladuras en las manos que achacó a exceso de trabajo con los cuerpos de los animales. A veces hay que ablandar la carne, dijo, sonriendo con amargura. El aliento no lo delataba porque ya era parte suya; aunque esta vez apestaba más a alcohol que de costumbre. Samuel evitó el tema de los comprometidos; la posición de Emilia era totalmente la contraria, no iba a perder la oportunidad de molestar la llaga, ella menos que nadie, pues en el fondo rabiaba porque ningún hombre pensaba ni remotamente en la posibilidad de proponerle compromiso. Parece que doblarán las campanas, dijo y sonrió cuando vio aproximarse a Rigoberto. ¿Quién se murió?, preguntó el recién llegado sin mirarla y sin desprenderse de esa mueca cínica que como máscara de loco llevaba prendida en la cara. Para mí que el exceso de laca se le fue al cerebro a la Felicia, mira que comprometerse con ese bueno para nada, soltó Emilia la cizaña que quedó desprendida en el aire como el sonido fugaz de un atomizador. Samuel ya estaba incómodo con su cháchara, la florista se había pasado el rato haciendo comentarios insidiosos y ahora se unía otro herido. Son demasiadas bajas para una guerra tan pequeña, pensó el sastre; así que mejor se alejaba. Justo en el momento de la retirada del hombre de los patrones y las costuras llegó Rubén con su explayada sonrisa de siempre, saludando con la mano y exclamando entre juguetón y risueño: entonces se nos casa el profesor Carl Sagan con nuestra Felicia. Pues todo indica, respondió Samuel, y si eso hace feliz a nuestra amiga, tocará brindar por la salud y felicidad de los novios. Nos vemos mañana, dijo y se despidió. El panadero, a quien tampoco le gustaba el tono que mantenían Emilia y Rigoberto, hizo lo propio. Rubén notó el aire enrarecido y en un intento de calmar la tensión sugirió: ¿y si brindan de una vez en mi bar? Vamos que les abro. Samuel se detuvo, retomó su calma habitual y respondió que para la próxima, cuando el aire estuviera menos contaminado; además era jueves, y ese día debe estar temprano en casa. Emilia y Rigoberto sí aceptaron la propuesta del tabernero y esa noche terminaron borrachos, desnudos, uno encima del otro y viceversa hasta que el sueño y el desaliento de estar con quien no se quiere estar los noqueó.

Una soledad acompañada

Hubiera preferido ser ella quien le diera la buena nueva, pero la noticia de su compromiso se corrió como polvorín en el pueblo; así que no le dio tiempo de llegar antes para contarle con su voz y sus gestos, y una sosegada aprehensión, que se había comprometido con Vicente López, el Vincent Alexandre de la bicicleta. Si bien era cierto que desde que Felicia andaba con Vincent se había alejado un poco de Samuel, este no dejó de ser su amigo, el mejor consejero, alguien en quien siempre podría confiar. No había que repetirlo; sin embargo, Samuel se lo recordó: Felicia, ya no eres una muchacha, pero para mí seguirás siendo una niña, me estoy poniendo viejo y sentimental. Me interesa que seas feliz y me preocupa que alguien perturbe tu tranquilidad. A Samuel ella no podría mentirle ni porque lo intentara. La conocía demasiado bien para no darse cuenta de que detrás de esa aparente alegría de un matrimonio en puerta, había algo que roía su interior, una preocupación, el temor de un nuevo fracaso.

El sastre no es vidente, tampoco tiene que serlo para desconfiar del futuro de Felicia junto a ese sujeto voluble, escurridizo, inseguro, cuya verdadera identidad arropa bajo un seudónimo. Vincent en todo caso es un hombre borroso y a pesar de la altanería de Rigoberto, en el fondo sus preguntas son muy válidas: ¿quién es Vicente López? ¿Qué hace? ¿De dónde salió? ¿De qué vive?

El sastre dejó el maniquí a medio vestir, sentado en una silla, para atender la visita de su amiga. Era un hecho, tenía pendiente una conversación y en esta surgirán cosas un poco gruesas de tragar, preguntas incómodas de responder; tal vez Felicia se molestaría por algunas palabras que él iba a decir, advertencias y consejos que no estaba demás poner sobre la mesa. Felicia sonrió un poco incómoda cuando Samuel se dispuso a hacer café y le pidió que se sentara al lado del maniquí. Ella estaba clara que era la hora de las confesiones y del sermón. Siéntate, pero ten cuidado con Edward, el maniquí, es un seductor, bromeó el sastre mientras montaba la greca en la cocina.

En San Juan no hay psicoanalistas y los confesionarios están asistidos por curas pedófilos, gente en quien no confiar. Para saber su futuro los lugareños hacen que Clotilde les lea las cartas, los escupitajos de chimó, la borra del café. Felicia no confía en esas supercherías, de modo que Samuel tampoco entendió la explicación que le dio su amiga acerca del origen del anillo de compromiso y las iniciales de una novia difunta y feliz. ¿Desde cuándo crees en historias de gitanos?, le preguntó al oír las razones del anillo, que él observó a trasluz fuera de su dedo. No tuvo que detallar mucho para percatarse de que el aro no llevaba impresas sus iniciales. Felicia se sonrojó ante la pregunta, ella tampoco se creía la historia de Vincent o la gitana a quien le compró la prenda, pero le gustaba sentir que ese diminuto aro, que apenas cabía en su dedo meñique, era el enlace a un futuro en pareja, a un porvenir acompañado, y no la desdicha burlona de una soledad en la que cabe ponerles nombres a seres inanimados o a fantasmas que te visitan sin cuerpos.

El sastre sabe lo que es vivir solo, su esposa murió hace años, un jueves en medio de la cena. Un infarto fulminante le cortó la conversación a la pareja sobre lo sucias que estaban las calles de

San Juan. Por esa razón los jueves son sagrados para el viudo, él sirve la mesa con el mismo menú de esa última cena con su querida Gladys: puré de papas, pescado, vegetales salteados y jugo de parchita. Se sienta a comer y conversa con el fantasma de Gladys, en un ritual donde intenta mantenerla viva. Él no es quien para reprocharle a Felicia su deseo de convivir al lado de alguien, su temor radica en que un oportunista se aproveche de la necesidad de su amiga.

Cuando Felicia saboreó el primer sorbo de café comentó que estaba muy sabroso y que le parecía descortés que no le sirviera una taza a Edward, el tercero en la mesa. Samuel le aclaró que Edward no debía tomar café porque le provocaba insomnio y le daba por pasar la madrugada probándose todos los trajes. Ambos rieron. Habían roto el hielo.

¿Tienen fecha para la boda?, el hombre dio la primera puntada. Todavía no, Vincent piensa que es mejor tomarnos un tiempo, respondió la interrogada mientras limpiaba con el dedo pulgar el carmín que sus labios dejaron en la taza. ¿Y tú qué piensas?, continuó Samuel al observar el gesto nervioso de la mujer. ¿Qué pienso?, ¿qué siento?, ¿qué quiero?, son preguntas que me hago todo el tiempo y no sé responder. Ella se alivió al poder exponer sus dudas y agobios. ¿Lo quieres, Felicia?, ¿estás dispuesta a casarte con él con todo y tus incertidumbres?, insistió el interrogador mirándola a los ojos que buscaban escabullirse. Samuel, a esta edad y en este pueblo, querer es cuestión de perspectivas y no de deseos románticos. Entonces, tienes claro que no estás enamorada ni convencida del paso que vas a dar, mi querida amiga. No sé si no esté enamorada, hay cosas de Vincent que me gustan, pero hay otras con las que no sé lidiar.

Por otro lado, la soledad reseca, y él logró alegrarme un poco; aunque a veces siento que me complica la tranquilidad que tenía. Entiendo, mujer, y te hago estas preguntas no para mortificar o juzgarte, yo también tengo mis dudas sobre tu prometido, me genera desconfianza su actitud escurridiza, poco sabemos de él, de qué vive. Parece un hombre discreto, y eso está bien, pero qué esconde detrás de tanta discreción, ¿quién es en realidad Vicente López?, ¿de dónde salió? Disculpa que te exponga mis dudas, sería hipócrita si no lo hiciera. Tú tienes que saber con quién te vas a casar, y sería bueno que lo averiguaras antes de hacerlo. Si no estás clara, piensa muy bien la decisión que tomaste; en todo caso, puedes deshacerla si crees que la decisión fue errada. Permíteme decirte que primero pienses en ti y que si bien la soledad es un costal muy pesado, te lo digo yo que no dejo de extrañar a Gladys; por otro lado, una compañía sin atributos no es un mal menor.

Los dos callaron, todo lo que le dijo Samuel ya Felicia lo ha sopesado y entendía la preocupación de su amigo. Ella había rastreado el nombre de su querido, ambos, el real y el ficticio, y solo encontró registros de provincias, plazas y calles sureñas llamadas Vicente López; en cuanto al nombre de Vincent Alexandre, está ese poeta español del siglo XX; aunque el Alexandre llevaba una i después de la primera e. Su hombre, para bien o para mal, parece no existir más allá de su rutina comarcal. Ni su rostro ni su nominativo aparecen ligados a algún delito. Eso la alivia, sobre todo porque ella es muy dada a ver programas de crímenes, en donde los corderos esconden lobos feroces.

Unos sorbos más y terminaron el café. Edward se mantuvo impasible en toda la conversación a pesar de las aprehensiones y preguntas sin respuestas que se pusieron sobre la mesa. Samuel,

¿por qué no te volviste a casar después de la muerte de Gladys?, ahora era ella quien interrogaba. No me volví a casar porque, aunque suene ridículo y cursi, Gladys es irremplazable, o porque simplemente ya estoy viejo para volver a empezar. El amor, como dices, es un asunto de perspectivas, y de inversión, agregaría yo. Debes invertir ganas, tiempo, dinero, esfuerzo, ilusión. Y la muerte de Gladys me oxidó. Me quedé solo y me apaño con sus recuerdos. Soy un hombre viejo.

Para salir del hueco melancólico en el que cayó la charla, Samuel se levantó a recoger las tazas y le dijo que Rigoberto anda con el corazón roto y el cerebro tullido, que mejor lo evite y que la Emilia anda enguerrillada; que capaz esos dos terminan juntos, atados por el resentimiento. Felicia le aclaró que lo sabía, que por eso últimamente evitaba a Emilia y que al Rigoberto ni se lo mencionara, ese salvaje. Entiendo, insistió Samuel, pero a menos que decidan mudarse de San Juan vas a tener que seguir lidiando con ese par porque el mapa se encarga de amurallarnos. Felicia comprendió que su amigo tenía razón, pero en ese momento no estaba para pensar en esos dos. Después de lavar las tazas, el sastre se secó las manos con su mandil y se sentó de nuevo frente a la mujer, la miró a los ojos y en el tono más franco de su alma le dijo: sea cuál sea la decisión que tomes, te deseo lo mejor. Ojalá Vincent logre despejar nuestras dudas y sea un hombre de bien, alguien que vele por tu felicidad, por la de ambos. Y te recuerdo que siempre contarás con mi apoyo. Nunca dudes en acudir a mí si te ves en problemas o sientes que el mundo es una bolita de mierda.

Felicia se conmovió, sabía que Samuel hablaba desde la franqueza de su corazón. Se acercaron, se abrazaron. Antes de despedirse, él le recordó: ya sabes, cuenta conmigo para lo que sea.

La mujer asintió con una sonrisa temblorosa por la emoción y la gratitud, luego miró a Edward y se despidió: ha sido grato pasar el rato contigo, Edward, alguien que sabe escuchar. Y contigo también, Samuel, comentó en tono juguetón. El sastre sonrió y acompañándola a la salida le dijo: ahora Edward conoce nuestras angustias y temores, esperemos que no vaya a chismeárselos al resto de los maniquíes de San Juan, para continuar la tradición de sus pobladores.

Los vampiros no se reflejan en el espejo

Era viernes, de sol claro y hostil. Un hombre desayunaba en su modesta habitación churros untados con nada porque no tenía chocolate, tampoco mermelada, ni mantequilla, ni nada. Y eso es el hombre, un ser para la nada; la máxima la había aprendido de Heidegger: la frugalidad de la existencia, la certeza de ser espora cósmica, un ser tambaleándose en el terreno farragoso de la muerte. Churros solitarios devorados por un sistema reproductivo de vida y muerte: el vientre que expulsa; la tierra que luego traga lo expulsado. El hombre es un mero polvo cósmico.

En ese momento solo eran él, una docena de churros y el café asentado en un termo. Contrario a su costumbre habitual de pájaro madrugador esa mañana le costó levantarse, el cuerpo le pesaba como si padeciera una resaca o el malestar de un inminente resfriado. Con esfuerzo, casi por obstinada obligación, hizo el saludo al sol después de cepillarse los dientes. Se sirvió café y churros. Comió un par, tal vez tres, mojados en el guayoyo y guardó el resto. Aunque el día había comenzado y desde afuera provenían los ruidos del taller mecánico, el sonido metálico del herrero, el bullicio de los niños que iban a la escuela, gritos, ladridos, bocinas, palabrotas y el golpeteo de una doña que a diario sacude su alfombra en un balcón cercano, el hombre no tenía ánimos para formar parte de la dinámica matutina. En esa habitación –bastante lúgubre, con un bombillo de luz mortecina colgado de una cadena, un almanaque de hojas desplegables y las paredes descascaradas cumpliendo una penitencia de años sin retoques de pintura, el día seguía siendo noche– Vincent

Alexandre era un recodo, un mar tumultuoso de pensamientos y resquemores. La sociedad, Felicia, las buenas costumbres, el manual de Carreño, el capitalismo y San Juan lo habían cercado, lo empujaron contra las piedras como un cangrejo que intenta inútilmente regresar al agua y se había visto obligado a asumir un compromiso matrimonial. Al hombre que luchaba contra el sistema ahora le tocaría ser un figurín comestible sobre un pastel de bodas. Un churrito con esmoquin.

El dilema no es estar enamorado o no, el amor es un condicionamiento, un invento capitalista para vender toallas en dúos para las parejas, con las iniciales de cada uno, cuando en realidad con una sola toalla es suficiente para ambos. Es esta la filosofía detrás del carácter de Vincent Alexandre, pero la sociedad no lo entiende. Se sabe un incomprendido, un lobo estepario a punto de ser servido en presas ante el consumismo desbordado de hombres y mujeres interactuando en sus fluctuantes roles de víctimas y victimarios.

Por supuesto que quiere a Felicia, en poco tiempo ella se ha convertido en su compañera, amante, en el refugio de su soledad, en el establo sosegado para acunarse y arrimarse. En la introspección de esa mañana, la pensaba entera y también en fragmentos: los brazos que se extienden para abrazar, abrigar, dar consuelo; las manos que peinan las cabelleras como si labrara la tierra, las mismas manos que preparan el estofado, la masa para las galletas, y también la mano dispuesta a sacudir el miembro hasta la blancuzca explosión del gozo; los pechos para lamer y volver a la indefensión fetal; la boca para los besos, la ternura, la rabia y las palabras. He ahí el dilema: las palabras, el discurso. Felicia, como la mayoría de la gente, está inoculada por un discurso enquistado como un cáncer en el hueso de la libertad: el hombre debe, el hombre tiene, el hombre es un deber y haber. El cáncer que nos supedita a un libro de contabilidad. ¿Cómo explicarle a Felicia que, como dijo la señora Lispector, ser es ya un hacer?

Vincent pactó con el diablo, lo sabía, solo faltaba ponerle la firma al pacto la mañana de la boda. ¿Por qué era tan difícil entender que dos seres se pueden querer sin necesidad de la convención social del matrimonio? ¿Acaso ellos dos no eran felices cada uno en su espacio?, copulando como animales en las noches o en el momento en que los sorprendieran las ganas, paseando en libertad, hablando como colegas, camaradas de lo humano y después volviendo cada uno a su lugar, a sus manías, a su propia esencia. Pero no, el mundo no funciona así. A él le gusta su cuarto pobre, despojado, casi monacal, propicio para la reflexión y el encuentro consigo mismo y también con sus fantasmas. La habitación donde Hamlet recibe al padre, el cuartico donde Nietzsche escribe *Humano demasiado humano*, él se siente parte de esa camada. Si Vincent fuera perro sería un vagabundo, uno de esos canes que duermen sobre un cartón, encima del viejo titular de un periódico, un perro que mea en cada árbol que encuentra porque los árboles son parte del esplendor natural. Sería un perro pulgoso, pleno de libertad, más cercano al arraigo ancestral de sus primos lobos que a los perritos que van a la peluquería y ladran histéricos desde las ventanas de los automóviles. En cambio, Felicia sería una poodle con los rulitos bien cortados, perfumada y con lacitos sobre la cabeza. Una perra con su camita violeta, un animal de buenas costumbres, domesticada. Y la poodle quería que el vagabundo se dejara poner el collar azul para hacer juego con el rosa de ella y pasear juntos por las calles de San Juan, bajo la bendición de las lenguas viperinas calmadas en su sed de mal porque los perros callejeros que antes iban por las aceras atraídos por sus feromonas ya no cogerían a la vista de todos, sino en la santidad del lecho matrimonial, la afelpada cama violeta de la poodle.

Oh, Felicia, cómo hacerte entender que soy un vagabundo ilustrado, que no quiero perder mi espacio, esta habitación alejada de la cosificación de los ambientes alienados por la estética capitalista: lugares abarrotados de muebles, objetos, adornos, cosas inútiles, cortinajes empolvados, cacharros y ataduras simbólicas. La de Felicia es una casa acogedora, sin lugar a dudas, ¿pero para qué sirven esas figuras de porcelana? ¿Cuánto tiempo invierte en sacudir el polvo de las rinconeras, de esas mesitas de paticas torcidas sin más utilidad que llevar sobre su lomo la reproducción china de una pareja sonrosada y feudal? Los tapetes tejidos, cuadrados, redondos, rectangulares están regados por todas las habitaciones en sus formas manifiestas de hilo de Penélope en su eterna espera mientras Odiseo mete su miembro en todo hueco que encuentra antes de llegar a casa, porque Odiseo, como cualquier soldado de guerra, tenía presente que en tiempos de verano y guerra todo hueco es trinchera.

Vincent no tiene nada en contra de los tejidos; al contrario, le parece una tradición estimable, un hilo que conecta con el pasado de mujeres hacendosas, costureras, pacientes, meticulosas. Lo que le molesta, en el fondo, es el simbolismo detrás de los pañitos, la tradición en punto de cruz que enmarca un hogar dulce hogar. Detrás de cada tejido de esas rinconeras hay una generación de mujeres que apostaron por los valores burgueses de la felicidad conyugal. El hombre piensa sobre estas cosas y le parece ver a la madre de Felicia, y a la madre de la madre y así hasta la punta del hilo que comenzó el tejido en la tradición familiar, todas mirándolo con el ceño fruncido, a la espera de que cumpla con el pacto y se enlace con Felicia como las cabezas de dos cisnes que se encuentran en el lago de la domesticación. Dos cisnes de toalla, como los de los hoteles.

¿Y él qué puede decir de su buhardilla ruinosa? ¿Que viviendo en un ambiente confinado y precario se forma el carácter de un artista? Pero ¿acaso Vincent Alexandre se cree artista? No, el de la habitación de paredes descascaradas y enmohecidas, el de los churros untados en nada, el defensor a ultranza de su derecho a no ser un consumidor compulsivo no se atribuye ningún rasgo creativo, más bien se ve a sí mismo como un pensador y antropólogo, una mezcla entre Diógenes, Lévi-Strauss y García Canclini, un hombre que observa la patológica comedia humana montado en una bicicleta, cual Alfred Jarry, sin ver su reflejo en el espejo porque siempre es más fácil mirar el culo ajeno.

El pacto

No llevó las cuentas, tal vez fueron horas las que estuvo pensando en el paso abismal que daría. En algún momento sopesó la posibilidad de la retirada; cobarde, sí, pero salvadora. Sin embargo, quién sabe qué no le permitía volver a huir, como otras veces lo ha hecho. Su vida hasta entonces había sido un constante escape; en el fondo él se creía un John Wayne, el arquetipo del vaquero que no se queda en ningún lugar porque su destino es la soledad y la errancia. Vincent Alexandre estaba en un dilema: podría desembarazarse del compromiso sin más y continuar su vida vagabunda. A él, en realidad, no le importaba quedar como un hombre sin palabra, un sinvergüenza, pero estaba cansado de pausar, posponer, aplazar, y tener que resetearse, reiniciarse cada tanto tiempo. Además, ahora estaba a gusto con la compañía de Felicia. La compañía, la comida, el confort de la casa, el sexo en vez de la masturbación. Tal vez sin darse cuenta se estaba aburguesando, incluso así, quería aclarar las cosas. No estaba dispuesto a negociar su esencia, su autenticidad, pensaba.

Vincent decidió hablar con su prometida para precisar los puntos. En primer lugar, el matrimonio será solo por civil, el pacto real es con los hombres no con Dios, se sabe. En segundo lugar, él no entregará las llaves de su habitación al casero, se quedará con ese cuchitril como su estudio, el laboratorio de sus ideas, su autónomo espacio personal.

Felicia organizó una cena para su primera noche como prometidos. Lo recibió alegre, efusiva, en la puerta de la casa. Se abrazaron y se dijeron que se querían, se manosearon como dos muchachos transpirando hormonas. Esa noche lo hicieron en la sala, en el cuarto y casi se les quema el pollo que estaba en el horno. Comieron entre risas, besuqueos y carantoñas. Para el postre, la prometida se apareció con bombones en forma de corazón rellenos de licor y cubiertos de helado. Repentinamente a Vincent se le olvidó todo el discurso que llevaba listo en la cabeza, el punto uno, el punto dos, las condiciones, la defensa de su espacio, la aclaratoria de que «ser es su hacer»; todo lo olvidó entregado al placer y la comodidad como un César que traga uvas frente a los pechos desnudos de sus esclavas sexuales, ventilado por las palmeras que mecen dos eunucos. El invitado hartaba bombón tras otro, repitió copas, bebió teta, comió cuca, se embriagó, recitó versos amorosos de Cernuda:

Tú justificas mi existencia:
Si no te conozco, no he vivido;
Si muero sin conocerte, no muero, porque no he vivido.

Y sin más, el apóstata del catolicismo, el renegado de la globalización, el hombre que accidentalmente olvidaba la billetera en casa se comprometió a casarse por todo y ante todo. Amén.

Tara familiar

A ella no se le hubiera ocurrido, pero sus clientas y amigas le prepararon una despedida de soltera y la cogieron por sorpresa. Cuando Felicia llegó a casa de Lucila, su compañera del liceo, a quien veía eventualmente más por compartir viejos recuerdos que por alguna afinidad que las uniera, esperaba encontrarse con un pequeño grupo de conocidas para la merienda y el chismorreo, sabiéndose el centro de la comidilla. Quien le abrió la puerta fue un muchacho con el pecho desnudo, vestido solo con calzones, una capa, sombrero y antifaz del Zorro. Una espada completaba el atuendo, pero no una imitación de la del espadachín enmascarado, sino la versión plástica y fluorescente de *La guerra de las galaxias*. Ante el estupor de la mujer afuera de la puerta el joven la tomó por la cintura y la metió en la casa, entre las risas de las «muchachas» que llevándose las manos al rostro se sonrojaban por la travesura, abriendo y cerrando ojos y bocas intermitentemente y emitiendo algunos griticos y chillidos de gatas que se divierten y no se lo creen.

La despedida la organizó Lucila, una mujer rara. Felicia ha aprendido a sobrellevarla con paciencia, ternura, compasión y el oído un poco sordo a sus descalabros anímicos y mentales. Los dientes de Lucila son grandes y anchos, como las baldosas blancas y bien lavadas de un baño. Para mantenerlos incólumes y libres de sarro los cepilla once veces al día, a veces más si come algún antojo o cree que un germen se le metió en la boca. Es soltera, aunque no por poco agraciada. Tuvo varios enamorados que terminaron huyendo de sus excentricidades. Después de una felación inmediatamente se lava para evitar que la esperma le manche los dientes. A algunos amantes les pide que se afeiten el vello púbico porque no soporta un pelito desprendido en la boca. A Felicia alguna vez le confesó que prefiere los penes judíos porque estos ya vienen compuestos. Lucila vive sola y colecciona retratos de gente que compra en los bazares y mercados de antigüedades y corotos. Según ella, algunos de esos rostros le hablan cuando pasa a su lado y por eso se los lleva. Varios están enmarcados en la pared de un pasillo como las muestras de una galería. Ella explica que esos del corredor son los más conversadores, los más queridos y los de más alto rango social. Su favorito es la copia del retrato de Marie-Louise-Élisabeth Vigée-Lebrun, la famosa retratista francesa del siglo XVIII, cuadro que por las tardes descuelga y pone en una silla, como si fuera una persona, para sentarse a conversar con Marie-Louise mientras toman el té y lamentan que la revolución haya decapitado a una reina. Se volvieron locos, se volvieron locos se lamenta Lucila al sorber el té muy caliente para calmar el trastorno producido por la revolución francesa; entretanto, la señora Vigée-Lebrun echa la cabeza a un lado y un mohín de tristeza le borda los labios. Por supuesto que Lucila le habla en francés, a un retrato solo se le puede hablar en su lengua materna; no importa que este sea una copia de una copia. Un retrato puede perder su aura, pero no su lengua, asegura. Lucila es definitivamente el ser más excéntrico de San Juan, la única que asiste a la iglesia con velo y guantes pues jura que deben mantenerse los modos, respetar los ritos que la modernidad intenta desplazar y destrozar.

Felicia le lleva la corriente a todos sus disparates y la visita quincenalmente. Se ríe cada vez que entra al baño y ve el rostro caricaturizado del príncipe Carlos observándola desde una esquina del espejo. Lucila cree que el príncipe es el alma gemela de su dentadura. Gracias a sus grandes dientes de conejo se siente cercana a los Windsor. Todos piensan que Lucila está un poco tocada, aunque es buena gente; un alma caritativa, una profesora que se esmera en la enseñanza del violín en la única escuela de música de San Juan.

Al principio de la fiesta Felicia estaba un poco incómoda, a diferencia del resto de las «muchachas» que ya estaban entonadas con algunos traguitos y se divertían haciéndose perseguir por el enmascarado en calzones y esa espada fluorescente que nada tiene que ver con el sable del héroe californiano. Esa versión fue la única que encontró en la tienda de disfraces para su performance erótico. Las del Zorro nos llegan la próxima semana, le informó la dependienta, si le sirve tenemos la de *Star Wars*.

Como no hay nada que un coctelito de frutas adulterado no pueda hacer para desinhibir a quienes lo beban, un par de copas tomadas por la peluquera y ya el Zorro estaba sentado en sus piernas. Entretanto, Vincent Alexandre se despedía de su soltería acompañado de una vieja película en formato Betamax, *Trópico y deseo*, cuyo lema «The film that takes up where *From Here To Eternity* left off», presagiaba la nostalgia de lo que dejaba atrás.

En el mismo momento en que las invitadas hacían presentes eróticos a Felicia (anillos anales, vibradores desplegables para casos de emergencia, ropa interior con ojos de loba, muñecos vudú con el pene erecto) Vincent Alexandre sacaba del baúl, que mantiene bajo llave en el escaparate, pacas de billetes atados con pabilo y acomodados uno encima del otro, rostro sobre rostro, en perfecto orden serial. Alexandre se sentaba en la orilla del catre y se dedicaba a observar, acariciar y contar el papel moneda con olor a humedad, a encierro. *Trópico y deseo*, con su escena final de la vagina fumando, no le dio el placer que le produce manosear esos papeles oscurecidos por hongos y la falta de uso. En su cabeza, Vincent Alexandre le gana al sistema cuando guarda el dinero que llega a sus manos. Esos billetes tienen un valor extra, una plusvalía sentimental: la del acumulador. A Vincent le gusta pensarse como el hombre que atasca el perfecto engranaje demoledor del capitalismo; esa maquinaria voraz que produce y engulle en modo serial. Esa actitud antisistema ha hecho que Vicente López deje de llamarse Vicente López y se presente como Vincent Alexandre. De este modo se siente como un birlador del statu quo, el hombre que escapó de la partida de nacimiento que lo nombró como a su padre, como a su abuelo y bisabuelo. Hombres de ardorosa fe en las cadenas familiares y en las riendas del capitalismo más explotador. Hombres agarrados como monos a las ramas de sus árboles genealógicos con más recuerdos inventados que reales, porque como decía el patriarca de la familia: un apellido se hace de una memoria ilustre; así sea falsa. Las memorias suelen ser frágiles y uno puede recomponerlas, reconstruirlas, ajustar aquí, quitar allá. El pasado no es concreto, tiene fisuras, y esas grietas pueden ser ocluidas, selladas como las caries de una muela. Una memoria familiar ilustre garantiza que el apellido que se porte sea un caballo de fuerza y no un lastre.

El Vicente López que así pensaba había nacido en el siglo XIX, sin levita ni casta. Con astucia, más de una triquiñuela y empeño levantó un modesto negocio de curtiembre que prosperó e hizo de su familia si no gente muy acaudalada, sí herederos de un significativo patrimonio y del fervor positivista hacia el trabajo y la forma de producir más y más dinero. Los López se hicieron respetados y temidos señores de una población rural y analfabeta.

De esta casta impostada proviene el hombre que un día decidió quedarse sin la memoria ilustre y falseada de su apellido. Es Vincent Alexandre un desclasado a voluntad, la oveja negra, el tipo que dejó a su familia con el relevo en la mano y huyó para ser libre del olor a pieles curtidas, para escapar del esfuerzo de las manos rotas por el trabajo, para inventarse su propio presente y escapar de sí mismo siempre.

La madre del pequeño Vicente tuvo un mal presentimiento cuando este era niño: el suyo nació con la tara que persigue a los López y que cada tantos nacimientos se manifiesta: existió un tío abuelo que se dedicó a leer filosofía, tanta que un día salió de casa ataviado con una sábana y sin ropa interior. Con la cabeza completamente rapada se fue por las polvorientas calles del pueblo con el destino marcado en su brújula mental: se iría a la Estigia, al encuentro con el polvo originario de su maestro. Un camión que transportaba reses lo arrolló en algún punto del camino. Dicen que sus últimas palabras fueron: yo soy la mosca de Aristóteles. También hubo un primo que montó muy entusiasta su negocio de reproducción de llaves y progresivamente fue perdiendo la cordura. Escribió un manuscrito al que tituló *La llave de la felicidad*, con un código indescifrable que solo iniciados como él, decía, podían descifrar, una vez lo hicieran alcanzarían la plenitud de los egipcios. Completamente loco construyó un cuarto bajo la casa, una especie de hipogeo, al que llenó de escarabajos para que con el excremento de él los bichos hicieran bolitas y lo enterraran en espera de una futura reencarnación. La familia le quitó el negocio y lo encerró en el manicomio, donde hablaba a diario con Jepri, el gran escarabajo, el símbolo de la renovación eterna. El primo mantenía sus rituales diarios en honor a Jepri hasta que se lo llevó la muerte por disentería. Una de las orates más célebres de los López fue la tía María Victoria, quien sufría episodios catatónicos; regresaba de ellos convertida en una monja, en una dama victoriana o en una disoluta Catalina la Grande. Cuando esto último ocurría salía a la calle, muy maquillada y recargada de joyas, a buscar mujeres y hombres y a dar rienda suelta a sus pulsiones. En su última conversión se creyó María Antonieta y empezó a desconfiar de todos. Una revolución se gestaba en su contra, temía. Se encerró en su cuarto, con las ventanas completamente cubiertas por grandes cortinas, por cuyas rendijas se asomaba muy de vez en cuando para ver si pescaba a la turba. Apenas recibía comida y poco a poco su cuerpo se fue consumiendo, se le cayeron los dientes, perdió la masa muscular, los pelos que le quedaban eran tristes ristras de una antigua y frondosa cabellera, la cara se le consumió en una mueca hasta que la muerte la sorprendió jugando cartas con sus amigos imaginarios: el príncipe Hamlet y su padre el rey.

Consciente de la locura revoloteando sobre la familia de su esposo, la madre del pequeño Vicente tuvo un mal presentimiento cuando esa mañana de agosto, frente a una confitería, vio al niño guardar el dinero que ella le había dado para que comprara golosinas y caprichos infantiles. Con el susto atragantado en el pecho, al llegar a casa revisó el dormitorio de su único varón y entre gavetas, ropa y juguetes halló monedas y billetes acumulados al menos en el último año: sus mesadas, el dinero para usar en la cantina de la escuela, la plata de los domingos.

Gradualmente Vicente López desarrolló un paroxismo sexual en su tendencia a no gastar nada, en su retorcida manía de guardar los billetes y dedicarse a toquetearlos como si fueran fetiches. De alguna forma él siente que así viola al capitalismo.

Mientras Vincent se erotiza con billetes acumulados, jamás reabsorbidos por el sistema, la dulce Felicia regresa a casa, después de haber sido seducida por el Zorro, a quien le pidió que le acabara con una zeta lechosa sobre las tetas. La festejada creía que nadie la escuchó porque el Zorro era el regalo de su amiga Lucila, quien ya se había encargado de despachar al resto de las invitadas antes de meterle al hombre en la habitación para que se despidiera de su soltería como Dios manda, sin sospechar ambas que la envidiosa Emilia se había quedado rezagada para ver qué ocurría, por qué Felicia no salía y tampoco el Zorro. Tras la ventana del cuarto se agachó a escuchar los gemidos, maullidos, retozones de la desvergonzada. Qué puta e hipócrita eres, Felicia, mascullaba la muy envidiosa, quien en un intento por frenar el placer de la peluquera agarró una piedra y la arrojó contra la pared, pero la piedra se desvió de curso y cayó de lado, sin hacer mayor estruendo. Nadie notó la rabia de la mujer malquerida que caminaba rumbo a la parada del autobús mientras Lucila esperaba pacientemente su turno, porque al Zorro lo había contratado para la noche entera.

Terminada la faena entre la peluquera y el Zorro y una vez que aquella saliera de su casa satisfecha y feliz, aunque un poco abochornada por lo cachonda que se había puesto con un desconocido, Lucila se quedó a solas con el personaje enmascarado, a quien le tocaba el violín sobre el cuerpo desnudo mientras preguntaba: ¿te lavaste los dientes?, antes de ponerle el sexo encima para que se lo lamiera.

A ninguna de las mujeres de la fiesta le importó que ese muchacho, enjuto, con el bigote finamente afeitado, al otro día se levantara con la resaca de quien se siente sucio y usado, porque en las cabezas de los pobladores de San Juan Bautista, las putas son putas y los bailarines exóticos son seres de placer, sin sentimientos, y seguramente sin dignidad.

El jouhatsu

El novio le propuso a la novia aguardar hasta la festividad de San Juan para llevar a cabo la boda. Hacer coincidir las celebraciones llevaba implícita la idea de ahorrar en gastos, porque la fiesta del pueblo sería parte del enlace nupcial y viceversa. La novia no estuvo de acuerdo, el año finalizaba, tendrían que esperar muchos meses. Sugirió en contraparte aprovechar los primeros meses del año, fijar la boda en febrero, tipo día de los enamorados. No, eso sí que no, respondió Vincent alterado, porque a él le parece detestable esa costumbre mercantilista del día de San Valentín, a ese juego no se iba a prestar. Si quieres nos casamos el día de San Francisco de Asís, el día que se inventó la penicilina, el día que el caballo de Troya se cagó en los troyanos, pero el 14 de febrero definitivamente no. Felicia no pasó de llamarlo aguafiestas, no estaba de ánimo para discutir. Sin más peleas, se pusieron de acuerdo en casarse el día del árbol, fecha que a los dos agradó. Para Vincent fue algo especialmente emotivo que le royó el alma, porque recordó esa vez, lejos, en otra ciudad, hace mucho tiempo, cuando él defendía un árbol que iban a talar, se encadenó para evitarlo y se negó a la explicación de los ingenieros forestales calificados para la poda de árboles viejos. Entonces cuando yo esté viejo alguien debe matarme por decrépito, fue la contrargumentación del ambientalista, ¿y dónde queda lo humano?, ¿dónde la solidaridad con nuestro medio ambiente, con nuestra madre tierra? Si quieren me llevan preso, pero con todo y árbol, porque de este eucaliptus globulus, originario del sudeste australiano, de la familia myrtaceae y del orden de los myrtales, no me apartaré si ustedes no frenan este ecocidio. Vergüenza debería darles, ingenieros, ¿para eso estudian?, ¿para destruir los bosques, los pulmones del mundo? Aténganse a la venganza de los momoyes si cortan este árbol. Los momoyes existen y son los guardianes de la naturaleza. Lo decía levantando la mano, completamente convencido de lo que afirmaba.

Los ingenieros se cansaron de explicarle que ese eucaliptus se estaba muriendo y que un viento no tan fuerte podría tumbarlo; o caería sin más porque ya había cumplido su ciclo. Pues hay que dejarlo morir a su manera, fue la respuesta de Vincent, que apretó aún más el eslabón de la cadena. El equipo se retiró del lugar. En algún momento el Prometeo encadenado tendría que moverse, y así fue. La forma en que el eucaliptus murió fue trágica, no por el árbol que ya estaba condenado, sino por el anciano que iba pasando y sintió un leñazo en la cabeza que le quitó la vida al instante. Vincent Alexandre huyó de la ciudad esa madrugada. No eran momoyes los que iban por él, sino una poblada convencida de que lo del ambientalista fue un asesinato premeditado con alevosía. Al infeliz impactado por un tronco muerto le hicieron el ataúd con la madera del eucaliptus y dentro pusieron una foto del anarco-ecologista que se negó a la tala del árbol-asesino. De manera que si existe la resurrección ahí tendrá el rostro de su presunto e indirecto asesino, por si acaso despierta con deseos de venganza.

El trágico recuerdo no se lo contó a Felicia; al contrario, alegre, propuso un brindis por el día del árbol y por la boda, y con la copa en alto cantaron:

Al árbol debemos solícito amor,
jamás olvidemos que es obra de Dios,
jamás olvidemos que es obra de Dios.

Después del brindis, ella buscó cuaderno y lápiz para apuntar todo lo relacionado con la ceremonia: el menú, quiénes serían los padrinos, las damas de honor, los testigos, las bebidas, el fotógrafo. Vincent carraspeaba: mi vida, quiero una boda sencilla, no algo para la revista *Hola*. Me gustaría algo muy íntimo, de ser posible solos tú, yo, el que nos enlace y los testigos necesarios. Si por mí fuera aprovecharía el día del árbol para unirnos en el bosque, que la naturaleza y los señores momoyes sean nuestros testigos. ¿Qué mejores testigos que los duendes protectores del medio ambiente? Imagínate, amor, nos casamos desnudos, metidos en el río. Que el agua haga fluir el amor de nuestros cuerpos, que nuestros fluidos se vayan junto al río de Heráclito. Suena maravillosamente poético y realizable, mi vida, anímate. La naturaleza, tú y yo. Lejos de las convenciones sociales de este pueblo, del corrompido mundo consumista del capitalismo.

Vincent estaba delirando. Felicia trataba de concentrarse en los preparativos, por eso le llevó un dedo a la boca para callar su divagación ecopoética y con tono decidido le dijo: Vincent, deja fuera de esto a tu duende interior. Nos vamos a casar como Dios manda. En San Juan las bodas son fiestas del pueblo a las que asisten hasta los enemigos de los novios. De modo que te advierto que hasta Rigoberto va a estar, no porque lo invitemos, sino porque así son las cosas por acá. A las bodas y a los funerales va hasta el perro del rival.

El carraspeo de Vincent se le estaba convirtiendo en un ataque de tos nerviosa: pero, mi amor, ¿por qué tenemos que hacer las cosas como la tradición ordena y no como nosotros deseamos?, ¿acaso no somos sujetos libres?, ¿hasta cuándo permitimos las cadenas que oprimen la libertad de ser nosotros mismos? Mira, Vincent, antes de que empieces con los libritos de Rousseau, la desobediencia civil de Thoreau, las babosadas de Sartre y el resto de tu repertorio apostólico, te advierto: nos vamos a casar como este maldito pueblo manda, porque aquí vamos a seguir viviendo y no quiero que nos convirtamos en unos apestados. Si le damos la espalda a San Juan Bautista y sus costumbres, vendrán por nuestras cabezas; de modo que entiéndelo de una vez. Y mejor me dejas sola, yo organizo, ve a dar una vuelta.

Vincent pedalea rabioso, la brisa le echa el pelo hacia atrás y delata sus entradas frontales, la inminente calvicie que resalta su nariz aguileña. No deja de recriminarse, quién lo manda a aceptar las convenciones de ella y de ese pueblo arraigado a sus costumbres retrógradas. En bicicleta recorre las calles, pensativo y molesto como si fuera la señorita Gulch en busca de Toto, el perro que la mordió en *El mago de Oz*. Ahí está San Juan, o la cabeza del santo, mirando cada uno de sus pasos. El forastero, como lo llama Rigoberto, se siente agobiado, cada mirada es un cuchillo que se quiere clavar en su rostro. Para estos pobladores, él es un extraño, un ser bajo sospecha. Y ahí están, obligándolo a tomar sangre del mártir decapitado para poder aceptarlo como uno de los suyos. Está tan furioso que la señorita Gulch se ha transformado en la Bruja Mala del Oeste y la bicicleta, en escoba voladora que le permite volar y escribir en el firmamento: ¡Púdrete capitalismo sanjuanense!, mientras se ríe con esa carcajada aterradora sobre todos los fisgones y los amenaza con un ejército de monos voladores.

Vincent quisiera pedalear hasta el límite de la tierra, no parar en ningún lugar, hacerse náufrago sin que las leyes continentales le exijan obediencia. El ciclista antisistema se siente atrapado en una especie de linterna mágica donde las fachadas de las calles giran vertiginosamente a su alrededor, mientras él pedalea frenético, incomprendido, solitario, en su propia versión de la inhóspita Kansas.

Cuando pasa frente a la plaza, un sonido lo saca de sus desvaríos y lo trae a tierra. Es Samuel, quien le ha silbado desde la entrada de su negocio. A la Bruja Mala del Oeste le toca tragarse su risa, guardar el ejército de monos voladores y volver a ser el apacible Vincent Alexandre, el de la yerba mate y la chaquetica gastada, el hombre tan flaco que parece un garabato egipcio.

Los hombres se saludan con la incomodidad de quienes tienen poco trato y bastante desconfianza en el otro; al menos esta es la percepción de Samuel sobre el prometido de la hija de Eusebio Urdaneta, su amigo de juventud. Si lo ha llamado es para acercarse a quien será el esposo de la hija de su amigo. Quiere demostrarle cierto grado de cortesía y amistad, también indagar un poco en la vida del erizo, quién quita y algo pueda ver detrás de ese caparazón de púas, de ese ser que saluda con cautela y resquemor al dar la mano, como si en ese acto fuera a perder su extremidad. Samuel está claro, lo hace por Felicia, si ese hombre la hace feliz, él tendrá su bendición, porque la Felicia es como una hija para él; así se encarga de decírselo al novio mientras lo manda a ponerse cómodo y se dispone a preparar café para conversar de hombre a hombre, de detective a sospechoso.

¿Ya tienen fecha para la boda?, el de la costura empieza el interrogatorio. Sí, cuadramos para que coincida con el día del árbol. A los dos nos gusta la ecología, casarnos esa fecha tiene implicaciones sentimentales e ideológicas. Por supuesto que Samuel evita la sonrisa socarrona, la de medio lado; desconocía a esa ecologista que le mencionaba. Me alegra que ya tengan el día, dice, permíteme ser el primero en felicitarlos y desearles lo mejor. Le extiende la mano y esta vez Vincent es un poco menos cauteloso y le da la suya sin temor a que el otro se la quede o la guarde para estudiar su ADN. Samuel lanza rápidamente la siguiente pregunta: ¿y tu traje?, ¿ya lo tienes? Pienso alquilar uno, veo inútil comprar algo que vas a usar una sola vez en la vida, responde el novio, demostrando lo que siempre notaba Felicia: no pierde manera de ahorrar. El interrogador no puede evitar una contracción en la cara, se mueve en su silla, buscando mejor acomodo. Bueno, también lo podrías usar en tu funeral, le dice, intentando ser agrio, burlón y agudo. Pues sí, tienes razón, pero para cuando me toque el turno otro se encargará de mi atuendo; aunque yo prefiero ser cremado, que mis cenizas se esparzan sobre las colinas o dentro de la cueva de un momoy. ¿Para qué vestir un muerto si se lo van a comer los gusanos? ¿Alguien se ha puesto a pensar si la ropa de los muertos causa indigestión en los gusanos? Samuel nota que Vincent se está poniendo a la defensiva, y él tampoco piensa bajar la guardia; aunque está consciente de que tiene que ser más sutil si no quiere espantar al pájaro. ¿Y Felicia está de acuerdo con el asunto del alquiler?, mira que para las mujeres la boda es un evento muy especial. Si yo no puedo ver a la novia con su vestido hasta el momento de recibirla en la iglesia, ella tampoco tiene que verme con mi traje de muñequito de torta hasta el momento de estar frente al altar. Los hombres, a diferencia de las mujeres, tenemos afortunadamente un dilema menor a la hora de escoger la ropa para casarnos. Basta con un saco o una chaqueta y listo. Si por mí fuera, iría con una franela de Bob Dylan, y si los señores de

San Juan se ponen muy exigentes, me pondría un corbatín o una pajarilla. Pero, en fin, esto molestaría mucho a la novia; así que me pondré un traje adecuado a estas costumbres, como Oscar de la Renta manda: rentado.

Samuel ataja el dardo que iba contra «los señores». Empieza a verle el hueso a Vincent, cree que por fin se está sincerando, eso le gusta. Ya no tiene al frente al Wikipedia, al melifluo profesor Jirafales, tampoco a Carl Sagan. Hagamos un trato, Vincent: yo te confecciono el traje, considéralo como mi regalo de bodas, y tú te encargas de alegrarle la vida a Felicia Margarita. Vamos que te tomo las medidas.

Es un hecho, cualquier cosa que para Vincent Alexandre implique gratuidad le desmonta la guardia y lo vuelve un aristócrata todo modales. ¿En serio? ¿Me harías un traje sin costo alguno? Al preguntar deja de lado el tonito burlón y cuestionador. Samuel lo mira como al pez que ha mordido el anzuelo, el Alexandre le parece un tipejo que pierde la dignidad fácilmente; un sinvergüenza. Sin embargo, se traga cualquier comentario puntiagudo y le lleva la corriente al fulano, la mala elección de Felicia. Que sí, hombre, que te regalo el traje. Al tomar las medidas no pierde oportunidad de pincharlo con alfileres y hacerle preguntas para lograr armar un patrón de ese hombre que siempre esquiva las medidas, las normas, los pagos.

El Alexandre se le antojaba un jouhatsu, uno de esos sujetos japoneses que se evaporan, desaparecen de sus hogares y ciudades sin dejar rastro, con toda la intención de no ser encontrados. ¿Qué le cubría Vincent Alexandre a Vicente López? ¿Acaso él era como uno de estos excéntricos nipones recelosos de su paradero y de dar cuenta de su pasado? ¿Qué había de su ayer?

Las preguntas no son nuevas, ya Samuel y el resto de los contertulios se las habían hecho, pero el sastre había dado un paso adelante, se dedicó a investigar. San Juan no es Japón, y las ciudades vecinas tampoco; así que algo de información maneja, solo quiere afrontar a su interlocutor y esperar su respuesta. Con esta intención le dice que ya ha terminado de tomarle las medidas, que se va a quedar un rato más cortando la tela, le recomienda que haga su vuelta diaria alrededor de la plaza y que lo espera a las 7:30 en el bar de Rubén, él invita las cervezas, que lo hace como futuro padrino de su boda. A Vincent no le parece mala idea y le agradece el doble gesto: ofrecerle la hechura de su atuendo nupcial y brindarle unas birras. Cuando el dinero lo pone otro, el Alexandre se quita el tatuaje de la hoz y el martillo que parece tener clavado en la piel.

Una vez en el bar hablan del clima, de sus gustos por las cervezas rojas o negras, de cómo Samuel se hizo sastre; este último cuenta su infaltable anécdota: yo mismo me corté el cordón umbilical con las tijeras de mi padre, que también era sastre, podría decirse que es una vocación familiar. Los dos hombres han roto el hielo. Samuel entiende que es hora de dejarse de rodeos y atacar: ¿quién es Vicente López? El nombre que me pusieron y al que preferí dejar de lado, me gusta Vincent Alexandre, responde sin mucha profundidad el interrogado, harto de estar dando explicaciones. ¿Y de dónde viene Vicente López?, Samuel lo mira con dos estetoscopios en lugar de ojos. A estas alturas de mi vida prefiero preguntarme hacia dónde voy, no de dónde vengo. El Alexandre se está poniendo filosófico. En todo caso, vengo del pasado, responde el hombre que está cayendo en cuenta de que le montaron una trampa y que debe buscar el modo de escapar de esta. Mira, Vicente, déjame decirte algo para que te vayas haciendo una idea de qué terreno pisas: en San Juan todo se sabe. Yo averigüé sobre tu pasado porque cuando el padre de Felicia agonizaba me pidió que le cuidara a la hija, y a pesar de que ella ya no es una muchacha, soy un hombre de palabra. Me enteré de que provienes de una familia dueña de una curtiembre, y de que te tocaba el turno de llevar la jefatura del negocio. El varón, el mayor, pero tú no diste la talla, no quisiste darla. Y créeme que te entiendo, a uno no pueden obligarlo a hacer lo que no le gusta ni sabe hacer. Pero en algún momento quedaste muy mal con los tuyos, ni te encargabas del negocio ni hacías nada productivo. Por eso tu familia decidió que era mejor que buscaras dónde encajar, porque mantener vagos en casa no es la visión de mundo de una gente productiva y laboriosa como la tuya. De modo que, Vicente López, te volviste un errante. Un tipo que vive aquí, luego se aburre y salta a otro lugar; siempre pata caliente, eterno trashumante, deslastrado de las obligaciones de una vida sedentaria. Con este perfil, con este modus operandi: ¿de verdad piensas casarte para sentar cabeza?, ¿o pretendes huir a medianoche como un jouhatsu y dejar a Felicia hecha un nudo de rabia y un acueducto de lágrimas? Porque si esas son tus intenciones, es mejor que deshagas el compromiso a tiempo. Es preferible un corazón roto de golpe que uno desangrándose paulatinamente. Ya es hora de que comiences a pensar en los demás, ya es hora de que seas un hombre y dejes de lado a ese muchacho con trastorno de personalidad narcisista.

Vincent calla, ni asiente ni niega nada; entiende que el maldito sastre le tiene pillado hasta el ADN, y como ya le había tomado las medidas también podría encargarle al carpintero un cajón para enterrarlo vivo. En San Juan todo se sabe, Vicente López, tu padre abjuró de ti, pero tu madre logró una pensión vitalicia para su hijo descarriado. Pobre no eres, eres un desclasado que no renunció al dinero ni a la posible herencia. Clásico, abjuran de todo, menos de los bienes. En realidad no eres más que un desclasado de postín, alguien que se esconde detrás de un seudónimo, un impostor. Hagamos un trato: tú le cuentas a tu futura esposa tu pasado, tu origen, y evitamos que tenga que ser yo quien lo haga, porque cuando la gente se enamora, ceguera y pasión laten en su corazón, como decía mi abuelo, que en el infierno arda.

El sastre se levanta de la mesa, le pide otra cerveza a Rubén para el profesor, dice que él se va, pero que el Wikipedia va a tomarse otra porque necesita pensar a solas. Se despide diciéndole que en unas semanas le tendría su traje listo, que pasara por la sastrería cuando él también estuviera listo. Paga y sale.

Vincent Alexandre desea que la casa de Dorothy Gale le caiga encima y lo aplaste como a la Bruja Mala del Este.

Mujeres detrás de un boceto

Hay una tradición con la que Felicia sí está dispuesta a romper: la del vestido de novia heredado entre las mujeres de la familia. Quizás la verdadera razón de que su primer matrimonio no se llevara a cabo por la iglesia se debió a que su abuela estaba viva y le hacía mucha ilusión que la nieta luciera el mismo vestido –cosido todo en canutillo y lentejuelas plateadas, rematado con unas espantosas hombreras de bailarín de mambo, ancho como la caída de una gran cascada, con una cola tan larga que podría servir de alfombra desde la entrada del templo hasta el altar– que ella usó para casarse con su adorado Clemente: un rebelde que encontró refugio en San Juan y en las faldas de la abuela cuando huía de la Seguridad Nacional por lanzar panfletos con el lema *Presidente Coprófago*. La historia detrás del amorío de los nonos no es así de literal, porque Clemente era un lector que cruzaba los cables de la realidad y la ficción y contaba las cosas a su manera, y cuando ya estaba senil solo hablaba disparates. Lo de las faldas de la abuela, supo Felicia ya adulta, el Clemente lo había sacado de una novela alemana.

A pesar de lo mucho que respetaba el recuerdo de su abuela, se decidió a hacerse otro vestido, no tenía que ser blanco, que ella de incólume nada tenía, y menos después de la revolcada que se echó con el Zorro. Pensaba hacer unas cortinas con ese vestido tan ostentoso que se apolillaba metido en un baúl en el cuarto de los cachivaches. Eso le dijo a la modista cuando la llamó para concertar una cita y hablar del diseño del traje de novia. Tampoco quería hacerle un desprecio a la memoria de la difunta, a los muertos mejor no tentarlos, el escamoso vestido de la abuela acompañaría el matrimonio en forma de cortinas.

Tanto la modista como su clienta coincidieron en que el color rosa viejo es ideal para una novia cuarentona, si no pesimista tampoco fantasiosa, una mujer grande y reservada, más clara en la posibilidad del fracaso que en la ilusión del porvenir. El corte holgado de las caderas para abajo debía llegar un poco más allá de las rodillas. Sin escote, más bien un cuello en v con ribetes, botones grandes y redondos, por debajo una faja para contener la grasita de la panza y estilizar la figura. Un moño con un tocado, corto, en malla transparente, sería suficiente adorno sobre la cabeza. La costurera tenía gran habilidad para el diseño y entre varias tazas de infusiones y anécdotas de vestidos memorables y algunos fiascos, las dos lograron el boceto soñado, al menos por Felicia.

La modista también se encargaría de los trajes de las damas de honor. En ellas no había pensado la novia, esto le generó un poco de ansiedad. ¿Cuántas damas son necesarias para una boda?, le preguntó a la experta, quien respondió: depende. ¿Depende de qué?, rebotó la pregunta la clienta. Depende de cuán ambiciosa sea la modista, dijo y soltó una risita cómplice. Con unas tres damas es suficiente, querida, ya estás grande para necesitar tantas escoltas. Las dos asintieron entre risas. Felicia pensó primero en su amiga Lucila, quien está loca pero tiene una elegancia natural. Se acordó de Emilia, pero no estaba convencida, Emilia cada día está más hiriente y pesada. Y hablando de pesadas, estaba Gina, su clienta. Lo malo de Gina es su compulsión a comer chocolates, dinosaurios y ositos de goma y a echarse a llorar por todo y nada. Por el momento podrían ser ellas tres, aunque Emilia le hacía ruido; sin embargo, pensando la vida como la piensa Vincent, si nombraba a Emilia en el cortejo de damas de honor, ella podría también encargarse de la decoración floral y así se ahorraba trabajo. Felicia mordisqueó unas galletas más, tomó el resto de infusión y quedó con la modista en que hablaría con las candidatas para que fueran a tomarse las medidas.

Una llamada bastó para que Lucila aceptara encantada. A la violinista le gustan los ritos eclesiásticos, de niña era miembro de la coral y seguramente hubiera heredado el cargo de organista que dejó vacante la difunta señorita Almeida, porque ella también sabe tocar ese instrumento y otros más. Si no hubiera sido por la cabeza de San Juan que está a un costado del altar, la madre no la hubiera alejado de la iglesia. Cuando era niña, en plena práctica coral, Lucila juraba que la cabeza de San Juan le habló quejándose de que el pésimo sonido de la organista le producía jaqueca. Lucila se lo contó a su familia, y como la madre nunca fue creyente prefirió alejarla de esas alucinaciones, no fuera a darle por oír el llamado de Dios para que se hiciera monja. En ese entonces, Lucila no había desarrollado esa habilidad por percibir las voces provenientes de retratos. Ella podría jurar que la de San Juan fue la primera voz que oyó en su vida. Ya el cuento de la cabeza parlanchina Felicia lo había escuchado tantas veces que se lo sabía de memoria, por eso la interrumpió y fue al grano: está bien, querida, si la cabeza de San Juan se te aparece dile que se porte bien. Recuerda, mi matrimonio será el día del árbol. Pasa por donde la modista para que te tome las medidas.

Para convencer a Gina, Felicia sí tuvo que hacer el empeño de llegarse hasta su casa. Gina es una mujer nerviosa, gorda e insegura. Algún tipo de trastorno debe padecer, pero nunca lo admitirá y tampoco está dispuesta a buscar ayuda profesional, de manera que la silla de la peluquera es lo más cercano que podrá estar del diván de un terapeuta. Gina es su clienta más habitual, a ella le cuenta sus cosas y en más de una ocasión el trabajo de la peluquera ha consistido en peinar lo que ya ha sido peinado una y otra vez mientras escucha los dramas de una llorosa y hartona Gina.

A pesar de que no era hora para andar en ropa de dormir, la gorda la recibió en pijamas. Felicia suspiró, entendió de inmediato que la mujer estaba en una de sus habituales crisis depresivas. Gina, querida, ¿por qué no te cambias?, ¿por qué estás en ropa de cama a esta hora?, preguntó al inspeccionar su atuendo, la sala, su cara de llanto. ¿Para qué me voy a cambiar?, hoy ni siquiera debí levantarme, respondió al cerrar la puerta. Vamos que te arreglo, le propuso Felicia. Como si se tratara de una niña, la ayudó a cambiarse y se dispuso a peinarla. Al hacerlo aprovechó para darle la buena nueva: Gina: ¡me caso! ¿Otra vez?, preguntó la gorda melancólica, ¿para qué, si ya te casaste una vez y salió mal?, remató con ese dardo mientras abría la gaveta de la peinadora buscando una bolsa de gomitas. Bueno, respondió Felicia, puede que la segunda sea la vencida. ¿Tú crees?, volvió a preguntar Gina con cara incrédula. Mira, Gina, no quiero quedarme sola comiendo dinosaurios de goma. La aludida la miró por el espejo e hizo mohines de llanto. No llores, mi reina, y disculpa si te herí, pero sé un poco más considerada y alégrate por la noticia, ¿no crees? Al menos deséame buena suerte. Además, no vine para verte llorar, quiero que seas mi dama de honor. ¿En serio?, preguntó la mujer abriendo los ojos saltones, ¿yo, así tan gorda? Que sí, Gina, deja lo acomplejada, eres una mujer guapa, te verás muy bien con el vestido que te diseñarán. Gina sonrió agradecida, apretó los labios y sobre sus mofletes dos punticos se hundieron. Al mismo tiempo cogió la mano de la peluquera y frente al espejo le preguntó: ¿qué le viste? Felicia devolvió la interrogante: ¿cómo que qué le vi? ¿Pues qué le viste a tu novio?, insistió Gina con la sonrisa y los hoyitos aposentados en el rostro. Discúlpame la sinceridad y lo aguafiestas, pero el novio tuyo no tiene muy buena pinta. Flaco y pichirre, dicen todas por ahí. Felicia frunció el ceño. Todas por ahí, repitió, todas son unas envidiosas, este pueblo está sembrado de ponzoña. Bueno, lo que sea, insistió Gina, pero dime: ¿qué le viste?

Una sonrisa le suavizó el rostro a la interrogada, quien le apretó la mano a Gina y mirándosela le confesó: creo que lo primero que le vi fueron justamente las manos. Me gustan sus manos. ¿Solo eso?, ¿una puede enamorarse solamente de las manos de alguien?, volvió a preguntar la quisquillosa. Imagínate si la muchacha esa de la película *El joven manos de tijera* se hubiera enamorado de las del Edward. Qué comentario tan irritante el tuyo, Gina, ¿por qué eres tan pesada? Al oír esto Gina hizo pucheros: me estás diciendo gorda. No, no, Gina, no te hagas la loca, sabes lo que quiero decir. Está bien, Felicia, pero dime en serio, ¿qué más te gusta de él?, si vamos a hablar como amigas tenemos que ser sinceras. La gente dice que es un bueno para nada y que nadie sabe de qué vive, algunos dicen que vive de ti. Ante esta última frase, la peluquera le soltó la mano. No te molestes, querida, solo repito lo que escucho. Dime, pícara, giró su cuerpo para mirarla a la cara y preguntarle: ¿es bueno en la cama?, ¿te la come sabroso?, es eso, ¿cierto? Felicia se sonrojó y con risa pícara asintió. Gina le soltó un sonoro manazo en la espalda: ¡eres una puta, no te gustan sus manos, te gusta que te la chupe, pilla! Si te la come sabroso no hay que estar dando explicaciones ni justificaciones, esa es razón suficiente para cometer cualquier estupidez. Si voy a ser dama de honor que sea por la felicidad de una cuca. Y que vivan los novios. Cuenta conmigo.

Gina despidió a Felicia prometiéndole que no se iba a poner la pijama y a meterse en la cama a comer chocolates y llorar. Le cumplió a medias: se metió en la cama desnuda y se masturbó fantaseando con que alguien se la chupaba.

Todavía faltaba la tercera dama, qué flojera tener que llamar a Emilia. Mejor llegar a casa, darse un baño, relajarse, atender a los gatos y llamar unos minutos antes de la telenovela para tener excusa y colgar antes de que esta comience. A Emilia la agarró por sorpresa la llamada de Felicia, temió que le reclamara lo de la casa de Lucila, pensó que tal vez algún vecino la vio arrojar la piedra porque Emilia es bastante paranoica y siempre se inventa escenarios turbulentos y catastróficos. Se alivió cuando la peluquera le dijo que la llamaba para pedirle que fuera una de sus damas en la boda, a celebrarse el día del árbol. Pasado el susto no dejó de expeler su veneno: qué curioso, se casan el día del árbol, acaso sea una metáfora de la horca. Al comentario lo acompañó una risa quebrada y estruendosa que irritó el oído al otro lado del auricular, haciendo que Felicia lo alejara de su oreja. Emilita, querida, ya quisieras tú también encontrar alguien con quien colgarte. Pero, bueno, cariño, te vuelvo a preguntar: ¿quieres acompañarme como dama de honor? A Emilia se le congestionaron los ojos de lágrimas, tuvo que tapar con la mano el chillido que se le iba a escapar de la boca y atravesar el teléfono. También se vio en apuros al aguantar el hilo de saliva que pretendía acompañar el llanto, los mocos y el gritico; ser dama de honor era lo más cercano que estaría de ser novia en una boda. El ojo izquierdo, el más chiquito, se le cerraba y abría en un tic nervioso incontrolable. Emilia, ya va a empezar la novela, ¿aceptas o no? La pregunta no hizo más que empeorar el deslave emocional que padecía la desgraciada florista. A Felicia el cura le preguntaría si aceptaba al mamarracho ese de Vincent Alexandre por esposo para compartir la vida, los ronquidos, el baño, los gases, en las buenas y en las malas, en la riqueza y en la pobreza, y la azorada de Felicia diría que sí, y en el nombre de Dios el sacerdote los uniría hasta que la muerte los separara, y todos dirían amén y ella también tendría que decir amén, pues de lo contrario la envidia iba a delatarla y capaz se quedaba por fuera a la hora de estar entre las solteras atentas al lanzamiento del ramo, porque a la Felicia la conoce y es rencorosa y sabe guardarse sus venganzas y actuaría en consecuencia si no escuchaba de sus labios que accedía a unirse a la bendición con ese fantoche. Sí, Felicia, acepto, dijo, y colgó. En la novela, un personaje también se casaba. Esa noche Emilia lloró, como de costumbre, pero más.

Mutilación me llamo

Vino a mostrar el cuero porque así se lo pidieron.

—López, Vicente.

—Presente, profesora.

Vicentico, ¿qué vas a hacer cuando seas grande? Hombre, mamá. Sí, querido, ya sé que vas a ser un hombre, pero quiero decir, ¿qué vas a hacer de adulto?, ¿médico?, ¿científico?, ¿empresario? Perro, mamá, seré perro para tener cuatro patas y correr más rápido.

López, Vicente: haga sus tareas, estudie y trabaje, o será un fracasado. Y no hay lugar para fracasados ni en el infierno de Dante.

Orden, disciplina y mano dura es lo que este niño necesita, señora, deje de consentirlo. Déjemelo a mí. Yo tengo la tabla. Vaya tranquila, el carácter se forma con disciplina, humillación y tabla. Vaya tranquila.

Abra la palma de la mano, López, vamos a ver cómo suena la tabla sobre esa mano perezosa que no hace las tareas. ¡Plam! ¡Plam! Si los demás niños se ríen, usted es el responsable por bruto y perezoso. Siéntese en ese rincón y cuente hasta mil elefantes balanceándose en la cuerda de una araña. Cuando llegue a mil, encadene a todos esos elefantes en nombre de la ley de vagos y maleantes y llévelos al circo para que sirvan de algo. ¿Me escuchó, López? Sí, maestra, los elefantes al circo. Los niños ríen y apuntan con sus dedos, en el futuro apuntarán con armas de soldados, con el taladro del dentista, con la batuta del director, con la manguera del bombero, con el punzón del asesino. De los niños que ríen y señalan algunos serán comerciantes, panaderos, secretarias, políticos, amas de casa, maestras, doctoras, toreros, payasos, putas. Putas y putos.

Damas y caballeros, ladies and gentlemen, recibamos con un fuerte aplauso al Payaso Vicentico, el payaso que mata de aburrimiento. Jajajaja, todos ríen en el circo, patean sobre las gradas de madera podrida. La luz en el centro del tenderete alumbra a un payaso mudo. Jajaja, ríen. Sí, damas y caballeros, con ustedes el payaso del fracaso. El estruendo esperpéntico se desata, los asistentes ríen a carcajada suelta, caen algunas prótesis al piso y siguen sacudiéndose. La risa suelta los esfínteres, los meaos llegan al centro de la carpa, mojan los zapatos grandes y rojos del payaso sin gracia. Eso, señores, aquí lo tienen: el artista del hambre, el artista de nada. Desgárrenlo, es todo suyo. Jajajaja. Jijiji. Jujujuju. Los pies siguen golpeando los tablones, el cable tendido de bombillos y bambalinas se sacude, las luces titilan. Es el mejor espectáculo del mundo, señoras y señores: el hombre nadie, el niño que deseaba ser perro. Aplaudamos al fenómeno. Los espectadores se muerden de la risa, uno a otro y otro al otro. La risa desgarra. Las puntas de la carpa revientan, el circo se viene abajo. Todos mueren de risa.

¿Qué te pasa, Vincent?, ¿por qué estás tan callado?, Felicia pregunta y mira por encima de sus anteojos mientras escribe la lista de preparativos. Las mujeres siempre preguntan, responde Vincent entre dientes, como si hablara consigo mismo y unas palabras se le escaparan de los pensamientos más ocultos. ¿Qué dices, Vincent?, Felicia se quita los lentes para escrutarlo mejor.

Digo que las mujeres preguntan siempre, responde mirándola a los ojos. Y uno nunca tiene todas las respuestas. Ella carraspea y pone de lado cuaderno y lápiz, ¿te pasa algo, querido?, ¿quieres hablar? La verdad, preferiría no hacerlo, pero me obligan. Ya va, Vincent, vamos a tratar de entendernos porque estoy perdida: ¿quién carajo te obliga a hablar?, ¿yo?, ¿te molesta que pregunte qué te pasa? Todos me obligan a hablar, todos me interrogan: mi madre, la maestra, tú, el fulano Samuel, el Estado, el doctor, la del banco, todo San Juan. ¿Quién es Vicente López?, ¿qué es Vicente López? Soy un hombre, soy un maldito hombre, la imperfección del Edén, eso soy.

Oh fortuna,
variable como la luna
con ella creces sin cesar
o desapareces.

¡Vida detestable!
Un día jugando
entristeces a los débiles sentidos
para llenarles de satisfacción
al día siguiente.
La pobreza y el poder
se derriten como el hielo
ante tu presencia.

Destino monstruoso
y vacío,
una rueda girando es lo que eres.

Las manos del que recita se crispan sobre la cabeza, la voz se quiebra dispuesta a la delación: mi nombre real es Vicente López, de los López de un pueblo manchado de cuyo nombre no quiero acordarme. Mi familia es dueña de una curtiembre cuyo asqueroso olor también prefiero olvidar. Ellos confiaron en que yo llevaría las riendas del negocio, como lo hizo mi padre, su padre y el padre de este, pero yo fui la pieza que desencajó la maquinaria. Me hice a un lado, no quería saber nada del oficio de las pieles. En algún momento fui vegano para protestar contra la matanza animal de la que se nutría mi familia y dejé de usar zapatos de cuero hasta que me enteré de la red de tiendas que ofrecen artículos de cuero elaborados exclusivamente con la piel de un animal fallecido de muerte natural. La anemia me alejó del veganismo, estuve hospitalizado y debieron hacerme transfusión sanguínea. Cuando salí del hospital, una pareja de fanáticos Testigos de Jehová se abalanzó sobre mí por permitir la práctica pecaminosa de la transfusión sanguínea. Los orates se dedicaban a hacer lo mismo contra todos los pacientes del hospital que pasaran por ese proceso. Un día los llevaron presos, pero basta de digresiones, necesito retomar el punto de partida: Fortuna Imperatrix Mundi, Ecce homo, mi nombre es Vicente López, alguien que renunció a su verdadera identidad y que simula ser otro bajo el nombre del poeta Vicente Aleixandre, cuyo extenuante onomástico era Vicente Pío Marcelino Cirilo Aleixandre y Merlo. Dime, Felicia, ¿cómo puede un ser humano soportar tanta familia y tradición sobre los hombros? Ahí está el hombre solo con sus huesos, cargando los fantasmas familiares para que el mundo no deje de nombrarlos.

La elisión de la i en mi alteridad tiene su origen en el hecho de que a Aleixandre le extirparon un riñón. El poeta era un hombre mutilado por dentro: «Mutilación me llamo. No tengo nombre; solo/ memoria soy quebrada de ti misma». ¿Escuchas, Felicia? Mutilación me llamo. El poeta es en su esencia originaria, sobre su hypokeimenon y bajo su ousía, un sujeto tullido, borroso, la sangre de la herida. Esa carencia, ese vacío interior, ese hueco que siento en mi vida quise metaforizarlo con un nombre prestado y elidido. Que no se ofenda la memoria del poeta, a quien admiro, y cuyos versos reclamo para adorarte:

Bebí, chupé, clamé. Un pecho exhausto,
quieto cofre de sol, desvariaba
interiormente solo de resplandores dulces.
Y puesto mi pecho sobre el suyo, grité, llamé, deliré,
agité mi cuerpo, estrechando en mi seno solo un cielo
estrellado.

En honor a Vicente Aleixandre plantaremos un eucaliptus en el jardín si y solo si aún quieres casarte con este hombre que de niño quería ser un perro y ahora es nadie.

¡Que me llamo Vincent Alexandre, carajo!

Contra todo pronóstico, se casaron. En el matrimonio a veces toca saber cuándo echar la mirada a un lado, le decía la abuela Margarita a su hija cuando la encontraba llorosa por alguna trastada del marido. Felicia las escuchaba a escondidas, la frase quedó grabada en su memoria aunque en aquel momento no la entendió del todo. Ahora es ella la que se casa en segundas nupcias, sin la abuela para darle consejos porque falleció hace tanto tiempo, víctima de una emboscada sagrada: murió un viernes santo cuando la cruz que representaba la ejecución del Cristo cayó encima de ella con todo y el hombre que encarnaba al Salvador. El que hacía de Cristo siempre se sintió culpable, al punto de que medio enloqueció y todos los viernes santos se flagelaba caminando por las calles de San Juan para expiar el infortunio de aquella buena cristiana.

La novia ya está grande para ilusiones, si se casa es porque no quiere que la soledad sea su compañía. Frente al espejo se convenció de que esta vez sí iba a funcionar. Antes de salir de casa con su vestido de novia cuarentona intentó besar a los gatos y estos le respondieron con un maullido indiferente. El novio está esperándola en el altar, en contra de sus propios principios, dispuesto al sacrificio por ella. No es un hombre apuesto, sí bastante narcisista, un bueno para nada según la mayoría, pero a Felicia le rinde para el sexo y la compañía: «bebí, chupé, clamé». ¡Salud, y que vivan los novios!

¿Acaso ustedes creían que llegaríamos hasta aquí con una Felicia liberada y dueña absoluta de la soledad de su destino? Si

Felicia hubiera asumido su derecho a la sentencia de «mejor sola que mal acompañada», hubiera abandonado al fulano aquella noche en la churrería de los portugueses. Pero no, ella pactó.

¿Ustedes pensaban que el perrito amaestrado se escaparía de su cadena y huiría al bosque junto a sus primos los lobos? No se crean, yo también lo pensé. De hecho, había armado una tramoya rocambolesca donde el Vincent Alexandre se dedicaba al tutelaje de muchachos imberbes, con quienes leía los diálogos platónicos, y el cura José Humberto Semprún, alentado por el lado oscuro de su propio espejo, le declaraba la guerra al pervertidor de menores, con el apoyo de los indignados pobladores de San Juan, quienes azuzados por el párroco iban por su cabeza para hacerle honor al gentilicio. En último momento, una desengañada, infeliz pero piadosa Felicia y su eterno aliado Samuel lograban sacar al forastero del pueblo, quien huiría llevando consigo solo la bicicleta y la maleta con los billetes de su colección fetiche. Al menos eso creía él; aunque en realidad Felicia se había encargado de vaciar la maleta de billetes y Samuel la había llenado de penes plásticos en un acto de venganza juvenil por el engaño del avaro, del patán de buenos modales Vincent Alexandre, el desclasado Vincente López, quien pretendió vivir de Felicia hasta que ella dijo basta.

Por un acto de piedad, y porque sabían de qué era capaz esa turba liderada por Rigoberto y su cuchillo desollador de cerdos, llevaban a escondidas y en la madrugada al asustado hombre hasta la frontera. Hasta ahí llegaban ellos, lo hacían bajarse del carro y lo veían huir en la bicicleta, tratando de mantenerse en equilibrio con esa pesada maleta que no pudo revisar a tiempo. Samuel y Felicia se perderían su reacción de amargura y sorpresa al ver que ya no estaban los billetes, porque lo dejarían y regresarían a sus vidas sin saber más de aquel hombre.

Pero me aburguesé, me consumió el sistema, como diría Vincent Alexandre, y aposté por la consumación del matrimonio y porque sus vidas continuaran anudándose y desenredándose; las de ellos y los demás lugareños que hice parte de esta historia de vidas irrelevantes.

Dejemos las digresiones y asistamos a la boda, que llegaron los mariachis. Claro que Felicia Urdaneta sabe del pasado del hombre que la espera frente al altar con el traje hecho a la medida por el impecable estilo de Samuel y bajo la mirada recelosa del sacerdote que no confía en esos «vagos librepensadores». Si hablamos de desconfianza, el novio tampoco se fía del clérigo ni de las autoridades eclesiásticas en general, y no deja de pensar, mientras espera a la novia, en la suerte del par de monaguillos que asisten al sacerdote. Ojalá las cabezas de todos esos curas pedófilos terminaran servidas en el plato de la justicia, se le ocurre al mirar la del mártir decapitado, esa horrible escultura de yeso de Juan el Bautista. Todo santo fue en su vida pasada un sujeto gozoso y disoluto; para ejemplo Agustín de Hipona en sus *Confesiones*. Vincent Alexandre no debería estar pensando esas cosas dentro del templo y menos el día de su boda, pero la novia se está tomando muy en serio eso de hacerse esperar. ¿Acaso se arrepintió? No cree, ella está más convencida que él de llevar a cabo el matrimonio, solo se está dando el postín de toda novia, una tradición ineludible. Otra más.

Echar la mirada a un lado, eso había hecho Felicia respecto al origen del muñequito de torta que la espera en el altar. Cuando Vincent le contó esa perorata acerca del hombre que huye del compromiso familiar para ser fiel y auténtico a sí mismo, Felicia ya se sabía el cuento completo; lo supo antes que el propio Samuel, pero se guardó la carta bajo la manga. Igual estuvo bien que Samuel afrontara al vaquero y lo enlazara con su propio lazo. El vaquero soltó las armas y se entregó; todo menos su cuenta bancaria y la llave del baúl que mantiene cerrado en el escaparate del cuartucho que se negó a dejar de alquilar para seguir siendo fiel a su esencia y su espacio personal. Lo hicieron en acuerdo prematrimonial, para evitar discusiones a futuro. Sin embargo, el porvenir, la intuición de la esposa y lo predecible de Vincent Alexandre permitirán que en una de esas peleas maritales Felicia logre encontrar la llave escondida en la edición de *Así habló Zaratustra* que Alexandre tiene en la mesita de noche, y la mujer pille lo guardado y en un arranque de rabia empapele todo el cuarto con los billetes, causándole un infarto al marido esquizoide narcisista no diagnosticado. El susto del infarto los reconciliará y continuarán juntos en una retorcida relación de amor-odio; aunque el esposo nunca le perdonará ese atropello. Esto se llama leer el futuro.

Mirar al frente, eso es lo que ella está haciendo del brazo de su padre putativo, escoltada por la loca Lucila, la regordeta y dulce Gina y la dolida Emilia, semejante trío de damas de honor. El novio la recibe justo en el instante en que el disco de vinilo del *Ave María* se queda pegado y uno de los monaguillos corre a resolver el asunto. Rigoberto aprovecha la distracción para llevarse un trago a la boca, mientras Emilia lo observa desde su puesto con la ilusión de que viéndola así vestida se anime a hacerla novia también. Rigoberto se tapa la boca y eructa bajito.

El cura comienza el ritual y Lucila le comenta a Gina que era mejor cuando la misa se daba en latín, porque conservaba el hálito de los santos misterios. Gina la mira sin entender mucho lo que quiere decir y con disimulo saca un dinosaurio de gomita, de los que lleva en la bolsa diseñada como accesorio del vestido, y se lo zampa acabando de una vez con toda una era pasada. En el momento previo al juramento, cuando el sacerdote comienza con la larga formulación: Vicente López, ¿acepta usted...?, el novio interrumpe la ceremonia y en voz baja le pide que lo llame Vincent Alexandre. El cura lo mira con el rostro incrédulo y severo, hace caso omiso a su petición y al pretender continuar con el ritual el novio insiste. Un murmullo recorre la iglesia atestada de gente. Felicia se incomoda. Gina busca otro animalito de goma en su cartera, pero ya se los ha comido todos. Rigoberto ríe, algunos voltean a mirarlo, él se excusa y sigue riendo en chiquito. El clérigo insiste: Vicente López, ¿acepta usted a Felicia Margarita Urdaneta...? Que no soy Vicente López, ¡carajo!, que soy Vincent Alexandre, puja el novio sin ninguna contención y observa desafiante al párroco que cree estar en presencia de un espíritu burlón. Rigoberto se lanza una carcajada estertórea que la acústica de la iglesia intensifica entre los vitrales con viñetas de escenas sagradas y la cúpula central. La novia agacha la cabeza avergonzada cuando Lucila se acerca al padre para decirle que con su permiso, pero que a ella le parece que el novio tiene razón, que a los artistas hay que llamarlos por el nombre que ellos mismos escogen, no por el que les fue asignado cuando ni siquiera sabían quiénes eran y se hacían pis y pupú encima. La violinista vuelve a su lugar y le hace manita al novio, quien le responde con un puñito en el pecho.

José Humberto Semprún, el párroco, al ver que la homilía matrimonial se le está yendo de las manos por culpa del capricho de un malcriado, se permite hacer un inciso para aclarar quién manda en ese lugar: hermanos y hermanas, he aceptado unir en nombre de Dios a esta pareja por insistencia de la novia, una buena mujer, hija de nuestro querido pueblo; sin embargo, aprovecho la desagradable interrupción y falta de respeto que se está llevando a cabo en medio del sagrado sacramento del matrimonio para informarles que en principio me negué a que esta mujer cristiana se casara con un comunista. En dicha oportunidad le advertí que los comunistas no son creyentes, que son irrespetuosos con los valores de la santa iglesia y los valores de la familia y la sociedad, pero como el buen Dios está dispuesto a acoger a sus ovejas descarriadas acepté casarlos, con la condición de que si tenían hijos ninguno llevara el nombre de Lenin, Stalin o Fidel. En medio del sermón, Felicia interrumpe al cura en tono respetuoso: el Vincent no es comunista, le aclaro, es librepensador. Al escucharla, el novio mira a la novia con ojos empozados de amor, se toman de la mano, en ese momento una especie de epifanía lo posee, cree haber encontrado su alma gemela; como diría la abuela Margarita, le cayó la locha, esa mujer lo ama. ¿Puedo continuar?, pregunta el sacerdote con dos ojos que parecen afiladas guillotinas. Claro que puede, después de esa declaración amorosa ya los novios se consideran casados, más unidos que nunca, qué importa lo que falte por decir. Y sí, es verdad, Felicia le había jurado al padre que Vincent tendría que pasar sobre su cadáver si pretendía ponerles esos nombres a sus matas o a sus gatos, lo único que pensaban tener, porque para procrear ya estaban viejos.

El cura continúa e insiste que el sospechoso es comunista hasta que demuestre lo contrario. Acto seguido pide los aros y cada uno se lo pone al otro, y uno dice que sí, que acepta, y la otra que también. El padre, visiblemente molesto, apura el resto del ritual, bendice a todo el mundo, les desea que vayan en paz, aunque al hacerlo cruza los dedos. Les da la espalda a sus feligreses y cuando uno de los monaguillos, el más nuevo, le pregunta si debe volver a poner el *Ave María*, que es su primera boda y no sabe cómo es el asunto, el cura le da un golpecito por la nuca en actitud de reprimenda.

Los novios salen a recorrer las calles de San Juan seguidos por los mariachis, que causan la primera desavenencia entre los recién casados. Vincent le reclama a Felicia: él quería trompetistas de jazz, o los músicos estilo banda sonora de las películas de Kusturica, algo más fusionado y alternativo, no mariachis. ¿Qué es eso de «sigo siendo el rey»? Si él está en contra de las monarquías. Felicia, burlona, acota: deja lo ridículo, Vincent Alexandre, estamos en el corazón de San Juan Bautista y acá primero muertos que sin mariachis, y cuando mueran también querrán mariachis. Los presentes bañan a los novios en granos de arroz, Vincent se queja entre dientes: tanta hambre en el mundo y mira cómo se tira el arroz. Felicia lo pellizca para que no haga ese tipo de comentarios. Bueno, al menos las palomas podrán comer, insiste. Felicia se lo traga con la mirada. Vincent sonríe nervioso.

Los novios detienen su marcha para lanzar el ramo, que va a dar a manos de Gina. La mujer, emocionada, se echa a llorar. Si cayó en sus manos es porque va a casarse; así son las leyes de los ritos matrimoniales. Rigoberto la mira desde su tribuna como un gallo miraría a una gallina. Coqueta, Gina le sonríe. Él le lanza un beso, ella lo recibe en los dos huequitos de sus mofletes. Emilia traga bilis.

Los mariachis vuelven a sus guitarras y trompetas. La marcha de los novios continúa por el pueblo. Vincent trató de evitar esa costumbre atávica, pero fracasó en el intento. La gente aplaude al ver pasar a los recién casados. Las lenguas más emponzoñadas comentan que si el vestido de la novia, que si el mamarracho del novio. Los borrachines le gritan: ¡buena suerte, profesor! Vincent saluda con la distante cordialidad de un miembro de la realeza frente a un público plebeyo, sin dejar de pensar que preferiría no haberlo hecho. Eso de casarse, dejarse arrinconar por los dictámenes del sistema; sin embargo, al mirar a Felicia se le ocurre que quizás valió la pena hacerlo, el tiempo dirá.

Lo que viene, lo que vendrá después, ya no es asunto de nuestra incumbencia. Dejemos que ellos sigan su marcha.

Yo llego hasta aquí, me quedo en medio de la calle, rodeada de palomas que se comen el arroz. A lo lejos observo cómo los moradores de San Juan se desdibujan en espaldas y canciones que porfían el amor.

Todo es lo que parece
Carolina Lozada

Se terminó de imprimir
en New York, marzo de 2023.
En su composición tipográfica
se utilizaron caracteres
de la familia Berkeley.

www.ingramcontent.com/pod-product-compliance
Lightning Source LLC
Chambersburg PA
CBHW030525260626
47157CB00005B/1880